公義　談論

동쪽 하늘에
사닥다리를 세워 놓고
해가 뜨면
얼른 잡아 타서
세계를 비취는 일을
만대까지 창민의
매양 어두운 곳을
밝혀 주리라 !

'公義를 사모하며'
천수 이전구

階立東天把日乘
萬世瞢民每暗照

時校正五十年 博土校 李與榮書愛更

저자와의 담론

공의 담론
이전구 지음 | 양방웅 엮음

초판 인쇄 | 2015년 02월 23일
초판 발행 | 2015년 02월 25일

지은이 | 이전구
엮은이 | 양방웅
펴낸이 | 신현운
펴낸곳 | 연인M&B
기 획 | 여인화
디자인 | 이희정
마케팅 | 박한동
등 록 | 2000년 3월 7일 제2-3037호
주 소 | 143-874 서울특별시 광진구 자양로 56(자양동 680-25) 2층
전 화 | (02)455-3987 팩스 | (02)3437-5975
홈주소 | www.yeoninmb.co.kr
이메일 | yeonin7@hanmail.net

값 15,000원

ISBN 978-89-6253-162-6 03810

* 인용된 성서는 1964년 발행된 간이 국한문 관주성경임.

公義

공의 담론

公義 談論

이전구 지음 | 양방웅 엮음

네 公義를 빛같이 나타내시며
네 公義를 정오의 빛같이 하시리로다.
(시 37:6)

연인M&B

인류가 언제까지 빛보다 어둠을 더 좋아하고 불의와 불법에 익숙한 삶을 살아갈 것인가? "1965년 아니다 개원(改元)이다." 전도자에게 말씀하셨으니 2015년은 年號가 바뀐 지 50년으로 영혼의 새 시대가 활짝 열린 지 어언간 반세기가 되었다. 빛보다 어둠에 더 익숙했던 인류가 이제는 어두운 죄악의 행습을 뒤로하고 "낙원이 가까왔다. 범죄하지 말고 회개할 것 없다."(요1 3:1~10 참조) 하셨으니 회개할 것 없는 자로 저 창공의 밝은 해와 같이 公義롭게 행사할 수 있고 하나님께서 기뻐하시는 公義를 배우고 익혀서 公義가 하수같이 흐르게 하는 삶을 살아야 할 때이다.

우주와 자연의 질서에 어긋난 삶을 즐기는 이 어둡고 답답한 현실을 보며 만사를 성취시키시고 公義를 행하시며, 구원을 베푸시는 우리 하나님의 지혜와 지식의 풍요로우심 속에서 하나님께서 公義로 만회(挽回)하실 수 있도록 마지막 교훈 公義 談論을 자세하게 들으며 담론을 펼치고 싶다. 하나님께서 행하시는 일을 내가 알 수 없고 글을 써 본 일이 없으나 하나님의 보내심을 받은 전도자를 만나 그에게서 듣고, 보고, 깨닫고 이삭을 줍듯 모은 기록을 정리하려 하니 떠오르는 말씀이 있다.

公義

"내 백성이여! 내 교훈을 들으며 내 입의 말에 귀를 기울일지어다. 내가 입을 열고 비유를 베풀어서 옛 비밀한 일을 발표하리니 이는 우리가 들은 바요 아는 바요 우리 열조가 우리에게 전한 바라 우리가 이를 그 자손에게 숨기지 아니하고 여호와(汝呼我)의 영예와 그 능력과 기이한 사적을 후대에 전하리로다. 여호와께서 증거를 야곱에게 세우시며 법도를 이스라엘(植民)에게 정하시고 우리 열조에게 명하사 저희 자손에게 알게 하라 하셨으니 이는 저희로 후대 곧 후생 자손에게 이를 알게 하고 그들은 일어나 그 자손에게 일러서 저희로 그 소망을 하나님께 두며 하나님의 행사를 잊지 아니하고 오직 그 계명을 지켜서 그 열조 곧 완악하고 패역하여 그 마음이 정직하지 못하며 그 심령은 하나님께 충성치 아니한 시대와 같지 않게 하려 하심이로다." (시 78:1~8)

모세가 율법에 기록하였고 여러 선지자가 기록한 그이를 우리가 만났다고 친구에게 말하니 "나사렛에서 무슨 선한 것이 나겠느냐?"고 말하는 친구에게 "와 보라."고 말한 빌립의 심정으로 보고 듣고 깨달은 것을 기록으로 세상에 알리고 빛처럼 뿌리려고 붓을 들었다.

"너희가 믿지 아니하리라."는 말씀과 "너희가 표적과 기사를 보지 못하면 도무지 믿지 아니하리라."는 말씀이 응할 수밖에 없는 우리들의 암담(暗擔)한 현실을 보며 타성에 젖어 은혜와 진리는 이름뿐이고 율법과 제도를 더욱 소중하게 여기며 편당을 두고 사는 사람들에게 전하려는 것이 아니고 장차 날 새 시대의 주인공(새 백성 자민)들에게 전(전파)하여 감추인 보화를 찾는 기쁨을 함께 누리고 싶다.(衆知而不如獨知요 獨樂而不如衆樂이라)—天授—

전도자가 비몽사몽간에 들은 첫 음성 '이사야 8장 8절' 말씀을 듣고 성서를 펼쳐보니 "흘러 유다에 들어와서 창일하고 목에까지 미치리라 임마누엘이여 그의 펴는 날개가 네 땅에 편만하리라."는 기록을 접하고 그때부터 성서를 상고하였고 성서와 함께한 흔적을 찾았을 때마다 볼 수 있었으니 밤을 낮 삼아 성서를 읽는 모습과 밤 깊은 시간에는 두 무릎을 꿇고 두 손을 높이 들고 기도하는 모습을 자주 보았으며 장과 절을 찾아보기 힘들 정도로 헤어져 있는 성서를 여러 권 보았다.

5, 60년대에는 먹을 것도 입을 것도 연료도 귀했고 문명의 혜택은 더욱 받지 못할 때 전기도 없어 사기로 된 등잔불 밑에서 손을 호호 불며 성서를 보고 있던 그 모습이 생생하다. 혈연관계로 만나게 되었지

正義

만 곁에서 보고 듣고 기록한 글의 내용을 보면서 성서에 깊은 관심을
갖고 살아오며 신학을 공부하던 나에게는 새 교훈으로 받아들이게
되었고 쪽지와 성서 안에 기록되어 있는 글들을 기록하게 되었으며 그
모은 기록은 극히 일부분에 지나지 않으나 이 담론을 접하는 모든 사
람들이 성서를 깊이 있게 상고하여 인류에게 베푸시는 하나님의 마지
막 교훈으로 받아들이고 하나님의 나라가 영원히 이 아름다운 땅 위
에 건설하신다는 것을 믿고 복락을 누리기를 소망하며 우리의 영혼을
즐겁게 하는 하나님의 말씀으로 悖逆(패역)을 치료받고 이 낙원에서
주권과 권세가 우리 주 예수그리스도로 말미암아 영원 전부터 이제와
영원까지 함께 동행하며 영생 복락을 누리는데 복된 좋은 소식이 되기
를 기원하며 아직 태어나지 않은 다음 새 세대를 위하여 기록을 할 수
있도록 건강을 주신 것은(2011년 3월 19일 응급실에 입실 28일 11시간
동안 심장판막수술) 네가 가까이에서 보고 들은 것을 이 어두운 시대
에 알리고 빛처럼 뿌리라는 뜻으로 받아들이게 되었다.

　요한복음 16장은 미혹하는 영들에게 미혹된 자들이 세상의 변화를
보다 앞서 보고 긍정적으로 보는 사람들의 마음에 기쁨이 넘치게 하
고 실족하지 않게 하시려고 미리 하신 말씀으로 들려온다.

생명을 해악하면서 이것이 하나님을 섬기는 예라 말하는 자들이라면 아버지와 아들을 알지 못하고 미혹하는 영들에게 미혹된 자들임에 틀림이 없다. 율법의 큰 산을 넘어 은혜와 사랑의 교훈을 제대로 받았으면 인류에게 베푸시는 하나님의 마지막 교훈인 公義 談論을 귀담아 들어야 살리심을 받게 된다. 감추인 보화를 찾아내듯이 배 오른편 깊은 곳에 그물을 내려 고기를 낚듯이 말씀을 깊이 있게 상고하여 보자.

아모스 선지자에게 말씀하신 기록을 보라! 우리의 현실이 미혹하는 영들이 말씀을 빙자하여 탈취하고 억압하며 배금주의와 기복 신앙에 놀아나도록 미혹하지 않았던가? "말씀을 듣지 못한 기갈"이라니 전도자에게 주신 말씀 "가라! 가라! 가라! 살리는 약은 품호도 있고 불호도 있다."는 기록이 떠오른다. 인류의 패역을 치료하는 약은 하나님의 말씀밖에는 다른 좋은 약이 없다. 왜 내가 편당에 속해야 되고 또 따라가야 하는가? 한번쯤 멈추어 생각하여 보았던가? 미혹(선을 가장한 악의 속삭임)하는 자 곧 거짓말하는 영의 정체를 알아야 속지 않고 탐욕을 버려야 미혹을 당하지 않는다. 성서에서는 그 미혹하는 영의 정체(왕상 22:20~23, 대상 18:19~22, 헴 23:16 참조)를 밝히 알리고 있으나 우리가 너무 무관심했다. "숨은 것이 장차 드러나지 아니할 것이 없고

감추인 것이 장차 알려지고 나타나지 않을 것이 없느니라."(눅 8:17)
"내가 심판하러 이 세상에 왔으니 보지 못하는 자들은 보게 하고
보는 자들은 소경 되게 하려 하심이라."(요 9:39) 성서는 이제 특정 종
교인들의 전용물이 아니며 봉한 책의 말씀이 아니다. 公義를 사랑하는
모든 사람들과 전 인류에게 전해지는 전도자 천수 이전구의 公義 談
論에서 말씀의 맛을 다시 찾고 예수그리스도 안에서 새 피조물로 다
시 지으심을 받는 좋은 소식이 되어 公義를 사랑하고 기뻐하시는 하
나님과 항상 동행하며 온유한 자를 公義로 지도하시고 온유한 자에
게 그 도를 가르치시리로다. 인류를 향하신 하나님의 마지막 교훈 公
義로 예수그리스도 안에서 새로운 피조물로 지으심을 받아 公義가 建
設된 새 하늘과 새 땅에서 영생복락을 누리기를 기원한다. "나 여호와
가 말하노니, 나의 지을 새 하늘과 새 땅이 내 앞에 항상 있을 것 같이
너희 자손과 너희 이름이 항상 있으리라."(사 66:22)

개원 50년(2015) 새 아침에
엮은이 양방웅

차례

여는 글 _ 04

公義 談論

마지막 교훈 _ 16

公義 談論 _ 22

公義 건설 _ 25

율법 은혜 公義 _ 28

만방에 公義 선포 _ 32

가라! 가라! 가라! 살리는 약은 품호도 있고 불도 있다 _ 33

전도자가 오기를 기다리셨다 _ 35

나의 아버지 하나님 _ 42

천하를 진동시키라 _ 44

도이야광(道而夜光) _ 46

세상을 정복하는 능력 _ 48

밝은 빛 _ 50

치료받은 자민 _ 52

성을 보시고 우시며 하신 말씀 _ 54

선악과를 먹지 말라 _ 57

친정권(親政權) 회복 _ 58

하나님의 나라는 영원한 영광 나라 _ 60

하나님의 통치 _ 63

왕이란 _ 66

아브람 _ 69

듣는 자는 살아나리라 _ 70

짐승의 지혜 _ 72

강포와 탈취 _ 74

주권과 인권 _ 76

한국 _ 77

남북 합일(合一) _ 79

한반도에서 미군 주둔 _ 81

일본 _ 83

무제한 개방된 시장국가 선언 _ 86

세계 경제 _ 90

유엔과 유럽공동체 _ 92

민주주의 _ 93

정치 _ 95

정당과 의사 _ 97

선거와 투표 _ 100

미소 정치의 속셈 _ 101

부동산 투기의 발암 원인 _ 102

종말 _ 103

새 하늘과 새 땅 _ 104

국제의인생존자위로연맹 _ 113

기록 모음

애독하던 성서와 쪽지 _ 118

선지자들의 메시지 _ 220

맺는말 _ 251

부록

육필과 사진 _ 258

공의 담론

내 백성이여!
내게 주의하라!
내 나라여!
내게 귀를 기울이라!
이는 율법이 내게서부터
발할 것임이라.
내가 내 公義를
만민의 빛으로 세우리라
—이사야서에서

마지막 교훈(심판)

"네 백성이 바다의 모래 같을지라도
남은 자만 돌아오리니 넘치는 公義로
훼멸을 작정되었음이라." (사 10:22)

하나님의 마지막 교훈은 온 세계 천하만국 백성을 살리시려는 하나님의 열심이시며 하나님의 지극하신 사랑이시다. 지으신 만물과 천하를 주고도 바꿀 수 없는 '생명'을 살리고, 아끼고, 돌아보며, 보전하시려는 마지막 교훈이시다. "아버지께서 아무도 심판하지 아니하시고 심판을 다 아들에게 맡기셨으니 이는 모든 사람으로 아버지를 공경하는 것 같이 아들을 공경하게 하심이라. 아들을 공경치 아니하는 자는 그를 보내신 아버지를 공경치 아니하느니라. 진실로 진실로 너희에게 이르노니 내 말을 듣고 또 나 보내신 이를 믿는 자는 영생을 얻었고 심판에 이르지 아니하나니 사망에서 생명으로 옮겼느니라." (요 5:22~24)

인류가 착하고 좋은 마음으로 보내심을 받은 전도자의 말을 듣고 지켜서 행하면 믿음으로 살 것이요 만일 보내심을 받은 전도자의 말을 듣지 않고 믿음 없이 행하면 남기실 자로 들어갈 수 없을 것이다.

세계는 멸하시려고 지으신 것이 아니요 내시고 기르시고 살리시고 아껴서 보전하시려고 지으신 것임을 믿으라. 하나님의 公義와 사랑을 잊어버리고 살게 되면 부성이 패망의 원인이 되고 멸망의 원인이 된다. 말 탄 자로 뒤로 떨어지게 하실 것은 자기 부성과 자기 강성을 도모하게 되면 편당의 위로와 자기의 위로만 크게 하고 많게 하게 되며 백성을 섬길 줄 모르게 된다. 그래서 뒤로 떨어뜨림을 받게 되는 것이다.

"단은 이스라엘(植民)의 한 지파같이 그 백성을 심판(교훈)하리로다. 단은 길의 뱀이요 첩경의 독사로다. 말굽을 물어서 그 탄 자로 뒤로 떨어지게 하리로다. 여호와여 나는 주의 구원을 기다리나이다."(창 49:16~18)

단은 그 이름이 억울함을 푸심이란 뜻이니(창 30:6 참조) 죄악의 끝 때에 하나님께서 그 원한을 풀어 주심을 받을 때까지 기다린다는 뜻이다.

'위대한 신념을 가진 국민들 중에서는 신념을 가진 위대한 지도자는 그 국민들 중에서 언제든지 항상 나온다. 그러나 위대한 국민과 강국은 아직 이 땅 위에 없도다.'

마지막 교훈은 온 세계 천하만국의 생영들을 살리시려는 하나님의 열심이시다. 단족에서 정하신 사람으로 하여금 천하를 公義로 심판(교훈)하실 것을 기록된 설계도에서 찾아볼 수 있다.(행 17:30~31 참조)

기록된 말씀대로 "이 백성이 입으로는 나를 가까이하며 입술로는 나를 존경하나 그 마음은 내게서 멀리 떠났나니 그들이 나를 경외함은 사람의 계명으로 가르침을 받았을 뿐이라."(사 29:13)

이 시대의 기독인들이 타성의 심연에 빠져 듣지도, 보지도, 믿지도 못하는 불신의 시대 속에서 열매 없이 말씀의 궁핍 속에서 억압과 탈취를 당하며 율법을 더 소중하게 여기고 시달리며 종들에게 종 노릇하기에 분주한 헌실임을 부인할 수 없게 되었다. "그러므로 내가 이 백성 중에 기이한 일 곧 기이하고 가장 기이한 일을 다시 행하리니 그들 중의 지혜자의 지혜가 없어지고 명철자의 명철이 가리워지리라." (사 29:14)

公義로 세상의 어둠을 밝히시려고 전도자를 만세 전부터 정하사 이 시대에 보내시고 公義로 마지막 교훈을 베풀게 하셨다. 하나님의 公義는 창조 본래의 뜻이다. 성령께서 전도자에게

"너는 만방에 公義를 베풀어라." 말씀하셨고, "온 세계 천하를 진동시키라." 증거하셨다.

영혼의 세계를 통치하시는 하나님의 권고받는 날을 인류가 알지 못하면 열국의 지도자들이 병기와 함께 종말을 맞게 될 것이다.

"갑옷 입는 자가 갑옷 벗는 자같이 자랑하지 못할 것이라." (왕상 20:17) 이는 그리스도의 왕권이시다. 하나님의 마지막 교훈에 귀를 기울이고 하나님을 찾고 하나님께로 반드시 돌아와야 살리신다. 종들에게 종 노릇하며 탈취와 억압을 당하지 말고 하나님께로 돌아와 돈 없이 값없이 생명의 말씀을 듣고 살아야 한다. (사 55 참조)

公義의 밝은 빛으로 나오라! 公義를 하수같이 흐르게 하여 우리 하나님을 섬기는 나라와 백성이 되고 그의 기르시는 양들이 되어 한 나라 한 민족 한 형제로 온 세계 천하를 개판하시는 우리 하나님의 뜻을 세우는 것은 곧 하나님의 나라를 세우는 일이니 이는 진리로 선하신 말씀이시니 公義이시다.

公義가 금세기의 마지막 교훈(심판)이심을 깨닫자. 하나님의 심판

(교훈)은 지으신 세계와 만물과 백성을 모두 살리고, 아끼고, 돌아보고, 보전하시려는 마지막 심판(교훈)이시다. 착하고 좋은 마음으로 보내심을 받은 전도자의 말을 듣고 지키고 행하면 살 것이요 보내심을 받은 전도자의 말을 듣지 않고 거부하며 믿음이 없이 행하지 못하면 남기심을 받을 수 없는 것이다.

정오의 빛과 만민의 빛인 公義를 배우고 公義를 건설하자. "존귀에 처하나 깨닫지 못하는 백성은 멸망하는 짐승 같도다." (시 49:20) 모든 행사가 선하면 公義가 된다. 살리는 것은 영이니 마지막 교훈을 겸허하게 받아들이고 전 인류가 영원무궁하신 하나님의 公義에서 벗어나지 말아야 한다. 우상을 내던져 버리고 탈취하는 법과 병기와 형제들 위에서 형제들에게 높임을 받는 지배 세력을 내던지고, 자기들의 편당의 위로만을 크게 하고 많게 하는 편당을 미련 없이 버리고 마지막 교훈 公義를 배우고 싸움을 하려면 병기로 싸우지 말고 公義로 싸워서 公義를 땅 위에 건설하여야 모두가 평화를 누리며 살 수 있다. 公義를 생활화하자. 마귀의 술수는 부국강병을 말하나 강병은 끝까지 빈국을 부를 뿐이고 패망의 원인이다.

속지 말라! 전쟁은 끝까지 속이는 것이고 속는 것이다. 하나님을 사랑하고 公義를 사랑하자. 전도자를 이 어두운 시대에 보내신 것은 성령으로 하나 되게 하시고 화목(거룩)하게 하시려는 하나님의 행사이시다.

율법 아래에 있으면서 은혜를 찾는 길(法)은 없는 것이다. 아직도 율법 아래 있는 자들아 은혜를 값없이 받았으면 이제는 죄인의 자리에서 벗어나 의인의 대열에 들어서서 순결 정직한 참된 신부가 되라.

하나님께서는 탐욕을 버리고 악에서 떠난 신부를 지금도 찾으신다. 마지막 교훈으로 하나님의 가르치시는 교훈을 받는 자와 받지 않는 자가 구별되고 公義를 행하는 자와 公義를 행하지 않고 불의만 쫓는 자가 구별되며 알곡과 쭉정이 악인과 의인이 구별된다. 이는 선악을 분간하시는 하나님의 극진하신 사랑이시며 그 크신 이름의 권능이시다. 만세전에 정하사 전도자를 보내신 것은 公義를 선포하여 범죄하지 말고 회개할 것 없는 자로 살리시려는 하나님의 열심이시다.

권고받는 날을 선지자들의 입을 통하여 말씀하게 하셨고 아버지의 뜻대로 예정하사 아버지의 이름과 뜻을 이루시려고 기쁜 소식을 전하게 하신 마지막 교훈을 듣고 열매를 맺어야 살리심을 받고 살 수 있다.

영혼을 살리시려는 "왕의 능력은 公義를 사랑하는 것이라."(시 99:4) 우리 하나님께서는 끝까지 公義를 굽히지 않으신다. "선악을 알게 하는 나무의 실과는 따 먹지 말라. 네가 먹는 날에는 정녕 죽으리라."(창 2:17)는 말씀은 악과 교류하지 말고 불의에서 公義로 어둠에서 빛으로 나와서 어둠인 불의와 타협을 하지 말고 악에 협력하지 말라는 말씀이시다. 이 어둡고 뒤틀린 세대에서 영혼의 패역을 치료하시는 마지막 교훈은 오직 公義뿐이다. 하나님의 질투의 불에 소멸되지 않으려면 들을 귀 있는 자들은 들으라. "진실로 진실로 너희에게 이르노니 죽은 자들이 하나님의 아들의 음성을 들을 때가 오나니 곧 이때라. 듣는 자는 살아나리라."(요 5:25)

성령으로 내게 하신 말씀이 "천하를 주고도 바꿀 수 없는 생명을 살리라! 아끼라! 돌아보라! 보전하라!"

"내가 아버지께 구하겠으니 그가 또 다른 보혜사를 너희에게 주사 영원토록 너희와 함께 있게 하시리니 저는 진리의 영이라. 세상은 능히 저를 받지 못하나니 이는 저를 보지도 못하고 알지도 못함이라. 그러나 너희는 저를 아나니 저는 너희와 함께 거하심이요 또 너희 속에 계시겠음이라.(요 14:16~17)

착하고 좋은 마음으로 듣고 행하는 자가 하나님께 살리심을 받는다. 마지막 교훈으로 심판을 베푸실 때에는

1. 산 자와 죽은 자가 구별되며
2. 하나님의 가르치시는 교훈을 받는 자와 받지 않는 자가 구별되며
3. 公義를 쫓는 자와 불의를 쫓는 자가 구별되는 것이니 이는 선악을 분간하시는 하나님의 사랑이요 그 크신 이름의 권능이시니 하나님의 이름과 하나님의 말씀대로 뜻을 이루시는 소식을 알려서 전하는 것이다.

인류에게 베푸시는 이 마지막 심판(교훈) 公義에 귀를 기울이고 남기심을 받고 보전하심을 받으라. 하늘에 속한 자는 그 이름이 하늘에 기록되고 땅에 속한 자는 그 이름이 흙에 기록되는 것은 곧 하나님께 속한 사람은 公義만 쫓으며 땅에 속한 자는 하나님을 떠나서 제 힘으로 살아가는 사람들이다.(렘 17:13, 잠 17:24 참조)

"살리는 것은 영이니 육은 무익한 것이라. 내가 너희에게 이른 말이 영이요 생명이라."(요 6:63) 하신 것은 아버지께서 이제까지 일하시니 아들도 그와 같은 일을 한다 함이니 곧 살리는 길(法)을 전하는 마지막 교훈하시는 심판(사랑, 교훈)의 소식이다.

公義 談論

담론은 국가와 정부가 생기기 전부터 있었고, 무제한 담론의 자유
는 국법이나 정권이 보장하는 언론의 자유 그 이상의 절대 주권이다.
담론이 있었기 때문에 국가가 건설되었고 정부가 세워진 것이다.

언론의 자유 그 이상의 자유라 할지라도 주권자의 담론은 제한을
받지 않는 고유의 주권이다. 듣고 싶은 말, 하고 싶은 말, 아픈 곳이 있
으면 아프다는 고통의 표현을 할 수 있는 주권은 무제한 담론에 있다.

언론, 출판, 보도, 잡지, 예술 등 법으로 보장된 그 이상의 담론은 그
누구도 막을 수 없는 것이다. 이는 아들의 주권은 아버지의 뜻과 생각
에서부터 나오기 때문이다. 그러므로 국민의 주권은 그 담론에 있는
것이다.

영혼의 세계를 통치하시는 하나님께서는 말씀을 하시고 행하시는
분이시다.

"주 여호와께서는 자기의 비밀을 그 종 선지자들에게 보이지 아니하

시고는 결코 행하심이 없으시리라."(암 3:7)

영혼의 세계를 통치하시는 우리 하나님께서는 公義를 한없이 기뻐하신다. 모든 국민들의 주권은 그 담론밖에 없으나 오직 公義에 관한 담론은 하나님의 뜻과 그 크신 지혜를 헤아리지 못하면 그 누구도 公義를 담론할 수 없으며 착하고 좋은 마음이 없이는 公義에 관한 담론을 할 수도 없고 들을 수도 없다.

이 땅 위에 거하는 생영들은 모두가 창조주 하나님에 의해서 창조된 영광이며 하나님의 형상대로 지으심을 받은 생각하는 영물(神)들이며 하나님을 찬송하는 백성들이다.

"이 백성은 내가 나를 위하여 지었나니 나의 찬송을 부르게 하려 함이니라."(사 43:21)

인류는 이제부터 살고 살리기 위하여 허사를 경영하지 말고 公義를 배우고 선을 택하여 악과 일절 타협하지 말고 모든 사회악에서 멀리 떠나 악과 상관하지 않는 삶을 살아야 한다.

"낙원이 가까웠다. 범죄하지 말고 회개할 것 없다."(요1 3:1~10 참조)고 전도자에게 말씀하셨으니 마음과 말과 행사를 일치시켜 회개할 것 없는 삶을 살아야 한다.

세계는 영혼의 세계로 그 백성과 나라를 하나님께서 영원히 통치하신다. 우리 육체는 생명 싸개로 생명의 처소이다. 바다에 물이 없으면 어족들이 살 수 없는 것과 같이 이 세상에는 하나님의 말씀이 없으면 사람들이 살 수 없고 생존의 의미가 없는 것이다.

公義는 하나님께서 전 인류에게 베푸시는 마지막 교훈으로 하나님의 마지막 심판이시다. 성서는 전 인류 곧 생영들이 빨아야 할 영원한 생명의 젖줄이다. 독생자 예수그리스도의 지혜는 소수로서 다수를 평안하게 하시는 지혜로서 전체를 보전하시는 하나님의 지혜이시다.

公義가 시행되는 곳에는 죄악과 상관없이 하나님을 경외(악을 미워하는 것)하고 예수그리스도를 생명의 주님으로 받아들이고 그 교훈하시는 '公義 談論'을 보고 듣고 받아들여야 살리시고 보전하신다. 싫든 좋든 나의 公義 談論은 실행이 될 것이요 성취가 된다.(렘 33:2, 16:21 참조)

"내가 진실로 진실로 너희에게 이르노니 내 말을 듣고 또 나 보내신 이를 믿는 자는 영생을 얻었고 심판에 이르지 아니하나니 사망에서 생명으로 옮겼느니라. 진실로 진실로 너희에게 이르노니 죽은 자들이 하나님의 아들의 음성을 들을 때가 오나니 곧 이때라. 듣는 자는 살아나리라." (요 5:24~25)

公義 건설

"오직 공법을 물같이
公義를 하수같이 흘릴지로다."
(암 5:24)

지배 세력이 없는 본래 창조하심을 받은 타락 이전으로 돌아오도록 公義로 교훈하시고 땅을 정복하게 하시며 公義를 끝까지 건설하신 다. "의(公義)로운 길에 생명이 있나니 그 길에는 사망이 없느니라."(잠 12:28)

생명의 근원이 되신 하나님께서는 지금도 의의 빛과 생명의 빛과 영광의 빛을 창조하시며 公義에 이르도록 교훈하시고 치료를 하신다. 公義를 구하는 자들로 거짓이 없는 정직한 시민 생활을 하도록 인도하시고 생영들로 생명의 즐거움을 누리게 하신다. 피폐해진 우리들의 영혼은 끝까지 말씀으로 치료를 받아야 살리심을 받는다.

公義는 강포하지 않는다. 강포는 자기 소멸을 부를 뿐이다. 이는 公義를 행하기 싫어하기 때문이다. 公義를 배우면 탐욕과 악에서 멀리 떠날 수 있다. 하나님께서는 의와 공평을 행하는 것을 제사 드림보다 더 기뻐하신다. 탐욕의 불씨와 불법과 악에서 멀리 떠나 생명의 근원이 되신 하나님께로 속히 돌아오라!

이 시대의 마지막 교훈인 公義는 최고의 지혜와 지식이요 세상을 정복하는 하나님의 능력이시다. 公義를 사랑하면 그것이 곧 하나님을 사랑하는 것이요 그리스도를 공경하는 것이다. 公義를 사랑하지 않으면 그리스도를 미워하는 것이요, 하나님을 미워하는 것이 된다. 公義를 배우고 公義에 도달하라! 아직도 자신도 모르게 다른 신 다른 복음에 미혹되어 이정표 없이 넓은 사망의 길을 오늘도 지칠 줄 모르고 생각 없이 썩을 양식을 위하여 분주하게 살아가는 생영들이여! 이제 강포하는 자들에게서 벗어나 말씀대로 그들의 죄에 참여하지 말고 그의 받을 재앙을 받지 말라!(계 18:4~14 참조)

성경을 깊이 있게 상고하며 본래 우리의 모습을 다시 찾아보자! 우리가 언제까지 단단한 음식을 먹지 못하는 어린아이로 제도권 안에서 주는 것으로 만족하며 열매를 맺을 수 없는 콩나물시루 속 같은 제도권에서 살 것인가? 주님께서는 지금도 우리에게 열매를 요구하시는데!

탕자의 비유에서 배우고 우리도 정신을 차리고 쥐엄 열매로 굶주린 배를 채울 수 없었던 탕자가 오죽하면 염치 불구하고 아버지의 품으로 찾아가기로 결심을 했을까?

자신을 뒤돌아보자! 지금도 하시는 말씀 "여호와의 말씀에 내 생각은 너희 생각과 다르며 내 길은 너희 길과 달라서 하늘이 땅보다 높음 같이 내 길은 너희 길보다 높으니라. 비와 눈이 하늘에서 내려서는 다시 그리로 가지 않고 토지를 적시어서 싹이 나게 하며 열매가 맺게 하여 파종하는 자에게 종자를 주며 먹는 자에게 양식을 줌과 같이 내 입에서 나가는 말도 헛되이 내게로 돌아오지 아니하고 나의 뜻을 이루며 나의 명하여 보낸 일에 형통하리라."(사 55:8~11)

탐욕과 탐심은 미혹의 지름길이다. 사람이 속고 속이는 것은 탐심 때문이다. 탐욕의 불은 미혹을 당하고도 미혹된 줄을 모르게 하고 흑암을 낮 삼아 만족을 찾지 못하게 하나니 하나님의 公義의 밝은 빛으로 나오는 용맹을 발휘하라! 어둠의 권세에서 公義의 밝은 빛으로 나오라.

주님의 나라는 영원한 나라! 천지의 주재이신 아버지의 나라! 인자들을 비추는 나라에는 公義가 넘쳐 강물같이 흐르고 정오의 햇볕같이 만민의 빛으로 비추신다.

"넘치는 公義로 훼멸이 작정되었으니 주 만군의 어호와께서 끝까지 행하시리라."(사 10:22~23) 말씀하셨으니 생명을 해악하는 우상과 병기와 탈취하는 법을 내던져 버리고 천하를 주고도 바꿀 수 없는 생명을 살리고 아끼고 돌아보며 보전하라. "속은 자의 죄과가 속인 자의 죄과보다 작지 않다." 서로 속이지 말고 속지 말라. 천하를 주고도 바꿀 수 없는 생명을 해악하면서 평화를 말하지 말라.

公義는 창조하신 하나님의 생명이다. 하나님은 公義를 좋아하시나니 公義를 사랑하는 것이 하나님을 사랑하는 유일한 길(道)이다. 강병이 부른 빈국을 부국강민으로 만들기 위하여 열국의 열왕들은 지배 세력 없이 병기를 만들어 사고팔지 말며 빼앗는 법을 만들지 말고, 편당과 정당을 만들지 말아서 버릴 것을 속히 버리고 公義를 배우고 익혀서 公義로 싸우고 公義를 건설하여 세계 평화를 인류에게 선물하라.

율법 은혜 公義

"公義로 세계를 심판하심이여!
정직으로 만민에게 판단을 행하시리로다."

(시 9:8)

율법도 아름답고, 은혜도 아름다우나 심히 아름다움은 하나님의
마지막 교훈하시는 심판이시니 이는 하나님이 살리시겠음이라. 율법과
은혜와 公義는 하나님의 형상에 도달하는 도정(道程)이다.

치료하시는 하나님께서 모세를 선택하여 율법으로 한 시대를 치료
를 하셨으며 예수를 선택하여 사랑과 은혜로 치료하셨으며 이제 마지
막 정하신 날 정하신 사람(행 17:30~31 참조)으로 전도자를 보내사 公
義로 교훈하여 치료하신다.

땅 위의 어둠을 밝혀 주는 저 창공의 해를 향하여 원망하는 사람이
어디에 있겠는가? 해는 날마다 개방된 빛이니 세계 인류와 삼라만상
을 밝혀 주는 저 해를 본받아서 모두가 개방된 평화의 광장으로 나오
고 거룩함으로 화목하라! 이 길이 살고 살리는 지름길이다. 살게 하는
일과 죽게 하는 일이 있으면 어느 편을 택할 것인가? 죽든지 말든지 심
판 없이 교훈을 하지 않고 잘 한다 잘 한다 하여 죽음으로 달려가도

록 방치를 한다면 그것이 참사랑이며 참 길이겠는가? 한번 생각을 하여 보자! 경계하고 책망하고 교훈하여 죽음에 이르지 않도록 하는 것이 참사랑이며 公義인 것이다.

착한 말과 바른말로 바른길로 인도할 수 없는 지도자들이 公義를 모르고 열국주의를 모방하고 따라가면서 선진 조국을 내걸고 그 꼬리를 잡고 따라가기도 바쁜 위치에 있으면서 소리 높여 선진 조국을 외친 한심스러운 우리의 현실을 개탄한다. 특정인에게 권력의 구조를 귀결시켜 집권을 하기 위한 의견의 일치를 강요하던 지난날들이 이제 와서는 값을 주고 주권도 이권도 모두 사서 종들이 상전들의 것으로 하인들이 주인의 것으로 제것을 삼고 상전과 주인들 위에 상전으로 군림하여 불의의 명령자로 활동하는 악한 시대가 되었다.

公義는 창조하신 하나님의 생명이시다. 하나님은 公義를 끝까지 좋아하시니 公義만 사랑하면 하나님을 사랑하는 길(道)이 된다. 公義는 하나님께서 요구하시는 극진하신 사랑이시다. 公義를 사랑하는 것은 하나님을 공경하고 그 아들을 공경하는 것이다. 사람을 죽게 하는 일과 빼앗는 법은 公義가 아니며 公義가 되지 못하고 자기 생명을 아낌과 같이 이웃과 형제의 생명을 아끼고 돌아보는 것이 公義이다. 편당을 갖고는 公義에 도달할 수 없다. 지도자가 公義를 모르기 때문에 뇌물을 위하여 교훈을 하고 점을 치게 되는 것이다.

公義를 배우고 실천하여 이 땅 위에 건설하고 싸움과 피 흘림이 없이 강성하게 하시고 부성하게 하시는 하나님을 찾아 하나님께서 베푸시는 금세기의 마지막 교훈 公義를 배우고 익혀서 의의 거하는 바 새 하늘과 새 땅에서 公義에 익숙한 삶을 살자. "새 하늘과 새 땅이 내 앞에 항상 있을 것 같이 너희 자손과 너희 이름이 항상 있으리라."(사 66:22) 하셨으니 하나님을 기쁘시게 하는 자민이 되어 복 받을 남은 자들이 되자.

재림의 聖神은 축복과 저주를 갖고 임하신다. 초림에는 어부를 불러다가 사람을 낚았고, 재림에는 포수를 불러다가 사냥하게 하신다. "하나님의 생각은 일념(一念)이요. 일념은 포수의 총이라." "네 악이 너를 징계하겠고 네 패역이 너를 책할 것이라. 그런즉 네 하나님 여호와를 버림과 네 속에 나를 경외함이 없는 것이 악이요 고통인 줄 알라. 주 만군의 여호와의 말이니라."(렘 2:19)

"여호와께서 가라사대 보라 내가 어부를 불러다가 그들을 낚게 하며 그 후에 많은 포수를 불러다가 그들을 모든 산과 암혈에서 사냥하게 하리니 이는 내 눈이 그들의 행위를 감찰하므로 그들이 내 얼굴 앞에서 숨김을 얻지 못하며 그들의 죄악이 내 목전에서 은폐되지 못함이라. 내가 위선 그들의 악과 죄를 배나 갚을 것은 그들이 그 미운 물건의 가증한 것으로 내 산업에 가득하게 하였음이니라. 여호와 나의 힘 나의 보장 환란 날의 피난처시여 열방이 땅 끝에서 주께 이르러 말하기를 우리 열조의 계승한 바는 허무하고 망탄(妄誕)하고 무익한 것뿐이라. 인생이 어찌 신 아닌 것을 자기의 신으로 삼겠나이까 하리이다. 여호와께서 가라사대 보라 이번에 그들에게 내 손과 내 능을 알려서 그들로 내 이름이 여호와인 줄 알게 하리라."(렘 16:16~31)

"후에는 그가 열방을 놀랠 것이며 열왕은 그를 인하여 입을 봉하리니 이는 그들이 아직 전파되지 않은 것(말씀)을 볼 것이요 아직 듣지 못한 것을 깨달을 것임이라 하시니라." (사 52:15)

알지 못하던 시대에는 율법으로 치료하셨고 그 후에는 은혜와 사랑으로 치료하셨고 이제 마지막 교훈은 公義로 치료하시고 완성하신다.

만방에 公義 선포

"하늘이 그 公義를 선포하리니
하나님 그는 심판장이심이로다." (셀라)

(시 50:6)

전도자는 이 시대가 듣든지 아니 듣든지 하나님의 公義를 만방에 선포하고 능하신 하나님의 행사를 온 세계 만방에 선언한다. 교회가 세워진 곳에는 사람이 모이는 법이다. 입술의 열매가 없는 지도층들의 말을 듣는 사람들은 개구리의 영을 받은 자들이다. 말씀이 이상일 뿐 현실이 되지 못하고 삶이 되지 못하는 개구리들이 언제나 왕궁으로 이끌어 냄을 받을 수 있을까?

公義는 세상을 정복하는 능력이며 선악을 분간하시는 하나님의 절대적인 품성으로서 악과 불의를 소멸시키시고 모든 사람을 선대하시는 하나님의 최고의 지혜이시다. 公義는 버릴 것을 버릴 줄 아는 지혜이며 용기이다. 진리로 公義를 베푸는 것은 성령으로 公義를 만방에 선포하고 설명하는 것이다.

"너는 만방에 公義를 베풀어라. 내가 너와 함께하리라." 이는 내게 주신 하나님 아버지의 교훈하시는 말씀이시다.

가라! 가라! 가라! 살리는 약은 품호도 있고 불호도 있다

"보라! 내가 나의 신을 그에게 주었은즉
그가 이방에 公義를 베풀리라."

(사 42:1)

이는 아버지께서 내게 주신 말씀이다. 아버지께서 나를 보내신 것을 세상으로 믿게 하옵소서! 아버지의 성령으로 보내심을 받았으니 진리의 말씀으로 살리시는 좋은 약이 패역한 마음과 영혼을 고치심이요 아버지의 입으로부터 나오는 모든 말씀으로 사는 줄을 알게 하옵소서! 복을 다스리시는 아버지의 이름과 장래 일을 나타내서 치료하시고 이 백성들이 아버지 하나님을 찾고 믿게 하옵소서! 아버지의 이름을 알리고 나타내시고 살리시려고 이 어두워 가는 시대에 나를 보내신 것을 믿게 하옵소서!

그 존귀하신 이름과 행사를 알려서 모두 살리고 평안하게 인도하시는 줄을 알게 하옵소서! 자기의 패역한 마음과 영혼의 병을 고치고 치료받게 하옵소서! 이 어둡고 뒤틀린 세상에 나를 보내사 아버지께서 그 거룩하신 이름을 나타내시어 살리시는 것과 그 크신 일을 알려서 살리고 평안히 인도를 받도록 보내신 줄을 믿게 하옵소서! 아버지께서

"나는 여호와니 이는 내 이름이라. 나는 내 영광을 다른 자에게 내 찬송을 우상에게 주지 아니하리라. 보라 전에 예언한 일이 이미 이루었나니라. 이제 내가 새 일을 고하노라 그 일이 시작되기 전이라도 너희에게 이르노라."(사 42:8~9) 말씀하셨으니 아버지께서 만세전에 나를 택하시고 이 어두워 가는 시대에 세우시여 마지막 교훈(심판) 公義를 베풀게 하신 것을 믿음으로 받아들이는 것이 패역을 고쳐서 살리시는 좋은 약임을 알게 하옵소서!

세상을 이처럼 사랑하사 모든 영혼을 살리시려는 하나님의 公義로 우신 말씀만이 살리는 좋은 약입니다. "나는 네게 유익하도록 가르치고 너를 마땅히 행할 길로 인도하시는 너희 하나님 여호와라."(사 48:17)

생령들을 즐겁게 하시는 생명의 말씀을 듣지 못하고 기근 속에서 현대인들이 방황하고 있는 이 시대에 말씀보다 더 좋은 약이 없고 평화를 전하는 소식보다 더 기쁜 소식은 없다. "아름다운 좋은 소식을 보하고 평화를 전하는 자의 발이 산 위에 있도다."(나 1:15)

나로 할 수 없는 일을 하게 하시는 분은 하나님이시다. 마지막 교훈을 베풀도록 보내심을 받았으니 "가라, 가라, 가라 하시고 살리는 약은 품호도 있고 불호도 있다." 하신 말씀이 참인 줄 아노라. 내가 아무것도 내 자의로 할 수 없고 하나님의 크신 이름과 능하신 행사를 친히 명하신 말씀으로 세상에 알리고 하나님의 公義를 베풀어서 설명할 뿐이다.

전도자가 오기를 기다리셨다

"公義로 빈핍한 자를 심판하며
정직으로 세상의 겸손한 자를 판단할 것이며…
公義로 그 허리띠를 삼으리라."(사 11:4~5)

"하물며 하나님께서 그 밤낮 부르짖는 택하신 자들의 원한을 풀어
주지 아니하시겠느냐? 그러나 인자가 올 때에 세상에서 믿음을 보겠
느냐."(눅 18:7~8)

작금의 시대가 장래 일을 말씀하셔도 듣지도 않고 믿지도 않고 받
아들이지 않는 어두운 시대이다. 아버지께서 생명들을 구원하시려고
보내심을 받은 인자의 소리와 성령께서 하시는 말씀을 들으라! 주님
은 나에게 강력한 힘과 강도 높은 판단을 결정하게 하시는 아버지 하
나님의 그리스도이시다. 내 안에서 말씀하시는 분은 아버지의 성령이시
다. 아버지께서는 항상 내 안에서 말씀을 하시고 싶어 하셨다.

그런데 나는 천한 것에서 벗어나지 못하고 있다는 것을 왜 내가 모
르겠는가? 천지의 주재이시며 모든 주권의 하나님께서 나를 심히 사랑
하시고 기뻐하심으로 내가 이 시대에 오기를 끝까지 기다리시니 내가
사람을 두려워함이 없이 公義를 베풀고 설명할 것이며 온 세계 천하를

진동시켜 하나님의 뜻대로 생명을 살리시는 일과 하나님의 백성을 평안히 인도하시려는 기쁜 소식을 알려서 전하는 것은 하나님께서 나로 하게 하시는 일이시다.

"내 마음에 찾아도 아직 얻지 못한 것이 이것이라. 일천 남자 중에서 하나를 얻었거니와 일천 여인 중에서는 하나도 얻지 못하였느니라." (전 7:28)

나는 죽는 날에 아버지를 기쁘시게 할 수 있지만 목숨이 없으면 아버지를 기쁘시게 할 수 없음을 안다. "온 세계를 진동시키라." 이는 온 세계 천하 만민을 어둠에서 公義의 밝은 빛으로 이끌어 내어 살리란 경고의 말씀이시다. 땅 위에 사람들의 강포가 하늘에 사무쳤으니 하나님께서 천지를 진동시키실 것을 전도자에게 이르신 말씀이시다.(히 12:26~29 참조)

하나님께서 모두 살리시려는 일을 이 시대에 나로 하게 하시려는 것이다. 사는 것과 죽는 것 살리는 일과 죽이는 일 전쟁을 하는 일과 평화를 누리는 일 어느 것이 좋겠는가? 피를 흘려 땅을 더럽히는 병기를 만들어 사고팔면서 평화를 담론하는 어둡고 참담한 시대가 되었다.

전쟁을 지도하는 자들이 마귀요, 살린다 하면서 죽이는 일을 택하는 자들이 사탄이요, 살린다 말하면서 죽이는 행사를 도모하는 자들이 미혹하는 영들이다. 우상들의 지도로는 살리는 길(法)이 없고 사는 길이 없으니 그 속에는 구원의 능력도 살리는 지혜도 없기 때문이다.

병기로는 아무도 살리지 못한다. 빼앗는 법을 만들어서 빼앗은 것으로 주시는 것이 아버지의 생각도 뜻도 아니시다. 우상과 편당(고전

11:18~19 참조)을 갖고 자기 편당의 위로나 많게 하고 크게 하면서 누구를 편안하게 하고 살릴 수 있겠으며 또한 평안하게 할 수 있겠는가?

"살리는 자가 산 자의 어머니이다."(왕상 3:16~28 참조) 책망을 하여줄 아버지가 없는 아들은 장래가 어둡게 되고 책망이나 경계를 하여줄 사람을 하나님께로부터 보내심을 받지 못한 나라와 백성은 장래가 없고 패망한다. 아버지의 교훈하시는 말씀으로 나의 생명(빛)이 온유한 젖줄로 살고 여물어 가는 줄을 알았나이다. 나의 죄와 악이 없기까지 찾아서 내던져 버리시고 내게 지혜로운 마음으로 채우소서! 아버지께서 어두워 가는 이 시대에 마지막 교훈 公義를 이 땅 위에 베풀게 하시려고 이 시대에 보내심을 받았음을 알게 하옵소서! 지도자로 종이 되게 하시고 백성으로 종을 삼지 않는 것이 우리 하나님의 왕권이다.

주인보다 높을 수 있는 종들이 없어야 되고 상전 위에 상전이 되는 일도 주인들 위에 주인이 되는 종들이 없어야 모두가 평안하다. 생명이 없는 신상을 만들어 놓고 예배를 하거나 경배를 하는 일은 자기를 멸시하고 경멸히 여기는 행사이며 자기 소멸이다. 아들들로 종을 만드는 아버지가 어데 있으며 또 좋아하실 아버지가 어디에 있겠는가? "너는 정당에 들어가 이 백성을 편안하게 하라."는 음성을 들었을 때 마귀의 미혹임을 깨닫고 나는 편당만을 쫓는 사람들을 따라갈 수 없다고 말을 했다. 그때에 들리는 주님의 음성 "너는 이 백성에게 나가라. 내가 너와 함께하리라. 평안히 인도함을 받으리라. 너를 섬기지 않는 백성과 나라는 진멸되리라." 말씀하셨다. 온 세계 천하 만민이 죽지 않고 평안하게 하시는 것이 아버지 하나님의 사랑이시고 公義이시다. 公義는 아버지의 마지막 심판이며 인류의 도표이며 마지막 교훈(심판)이시다.

하나님께로부터 보내심을 받은 사람 외에는 선생이 없고 아버지의 왕권을 위하여 싸워서 죽는 것이 왕이신 예수그리스도이시다. 이것이 아버지의 명령이시며 계명이다. "하나님이 그들에게 복을 주시며 그들에게 이르시되 생육하고 번성하여 땅에 충만하라 땅을 정복하라." (창 1:28) (禮征禮服) 이웃과 형제들이 나보다 더 평안하게 하고 잘살게 하라. 선악 간에 갚으시는 것이 하나님의 公義이다. 하나님을 기쁘시게 하자. 광야에서 이스라엘 백성에게 만나를 주어 먹게 하신 것은 사람이 떡으로만 살 수 없고 하나님의 말씀으로 사는 줄을 알게 하셨고 광야에서 모세를 경배한 것이 아니고 아버지의 말씀으로 사는 것임을 알게 하심이었다. 40년 동안 모세는 백성들과 형제들에게 희생이 있었을 뿐 탈취와 억압이 없었다. 전도자는 지금 온유한 자들에게 公義를 전한다. 교훈은 오직 옥토에서만 30배, 60배, 100배의 결실이 있을 뿐이다. 예수를 믿노라 하면서 행동하는 의가 없고 결실이 없으면 마지막까지 가라지일 뿐이다.

公義는 정직한 빛이다. 公義 없이는 합일도 평화도 없으니 公義는 사랑이며 평화요 정직한 빛이다. 사랑을 배우면 원수 사랑은 물론 버려야 할 것을 버리게 되고 모든 것을 깨닫게 된다. 자기 위로를 크게도 많게도 하지 말라! 모든 범죄가 자기 위로를 크게 하고 많게 하며 자기 권익을 우선하는 데서 시작된다. 가난을 탓하지 말라! 가난은 위로 받을 자로 예비하시는 하나님의 연단일 뿐이다. 나사로를 생각하여 보라. 나사로를 가난하게 하시고 질고를 겪게 하신 것은 더 큰 위로와 복으로 갚으시려는 뜻이다. 의인에게 주시는 고통은 복락으로 갚으시려는 하나님의 일이시다.

이 세대의 행사가 악한 데도 악하다고 책망을 하지 않았으면 예수에게 십자가는 필요하지 않았다. 세상에 속한 불의한 자에게 선택을 받았으면 불의한 종이 되고 주권의 아버지 하나님께 선택을 받았으면 아버지의 인자(人子)가 된다.

모세나 사무엘이 값을 지불하고 선택을 받았는가? 그들은 위로받기를 거절했고 비천했으며 섬김을 받지 않고 섬기는 자들이었다. 섬기는 곳에 公義가 실행되면 그곳에 평화가 깃들게 된다. 영혼의 세계를 통치하시는 하나님께서는 생명(빛)으로 뿌리셨는데 인류는 언제까지 부활의 초점을 육체에 맞출 것인가?

생명의 주님께는 죽음이 없는 것이다. 생명은 영원히 썩지 않는다. 썩고 낡아지는 것은 우리 육체요 장막 집이다. 생령들이여! 생명의 즐거움을 누리자. 어두운 시대에는 아버지 하나님의 말씀을 바르게 전하는 사람들이 미움을 받게 되고 이단으로 취급을 받게 되는 것이다.

나를 보내신 분은 참되시다. 내가 이 시대에 보내심을 받아 아버지에게서 들은 것을 이 세상에 남김없이 말한다. 아버지의 아들 인자로 보내심을 받은 사람이 아버지의 말씀 곧 진리의 성령으로 임하여 세상에 진리를 나타내면 세계의 거민들이 公義를 배워서 하나님을 알지 못하는 자가 없게 된다.

온 세계 천하가 하나로 거룩(화목)한 자민(子民)(시 149:1~2, 사 66:7~8 참조)들이 되는 것을 누가 알 수 있겠는가? 하나님은 영혼의 세계를 통치하시는 만왕의 왕이 되신 영혼의 아버지 하나님이시다. 살리는 것은 영이요 육은 무익한 것이다.(요 6:63 참조) 진리의 말씀을 빛과 같이 뿌려서 전파하는 것이 전도자의 일이니 빛을 뿌리면 어둠은 찾아볼 수 없는 것이다. 우리의 현실이 언제나 앞서고 진리의 말씀이 우리의 뒷전에만 머물 것 같지만 우리 영혼의 아버지 하나님께서는 公義로 치료하셔서 회복시키시고 성취시키시며 자민들로 하여금 현실이 되게 하신다.

하나님께서 미워하시고 멸하실 것을 너희가 버리면 살겠고 하나님의 손으로 버리실 때는 公義가 안 된 세계의 거민들은 하나님의 넘치는 公義로 훼멸되는 것이다.(사 10:22~23 참조)

하나님께서 내 안에서 일하시며 경고와 책망하시는 말씀은

1. 우상과 신상을 버리고 公義만 쫓으라 이는 산 자들의 마땅한 일이다.

2. 병기와 무기를 모두 내던져 버리고 오직 公義만 따르라. 이는 살리는 사람의 마땅한 일이다.

3. 많은 소유자에게서도 적은 소유자에게서도 빼앗는 법은 버려야 평안히 살릴 수 있다.

4. 하나님의 손으로 버릴 것이 없도록 모든 열국주의의 편당과 정당을 버려야 온 세계가 남기심을 받게 되는 것이다.

"만군의 여호와께서 맹세하여 가라사대 나의 생각한 것이 반드시 되며 나의 경영하는 것이 반드시 이루리라."(사 14:24) "오직 여호와의 뜻이 완전히 서리라."(잠 19:21)

나의 아버지 하나님

"왕은 公義로 나라를 견고케 하나
뇌물을 억지로 내게 하는 자는 나라를 멸망시키느니라."

(잠 29:4)

나의 사랑하시는 아버지! 내가 구하옵니다. 내가 아름다운 땅을 구할지라도 책망하지 마옵소서! 세상 사람들과 같이 왕이나 장군과 관장을 원하지 않는 줄을 아시옵소서! 저들은 전쟁을 지도하는 자들이요 사망의 지도자가 되었나이다.

나는 생명과 평화의 지도자가 되었사오니 나를 저들과 영원히 구별하시고 구원하실 줄을 믿나이다. 저들은 탈취하는 지도자들이며 사람을 모두 그 앞에서 복종시키는 사람들입니다. 사람을 죽게 하는 병기를 만들어 놓고 사고팔면서 평화를 담론하며 속이고 속고 있는 사람들입니다. 나는 내가 모든 사람들 앞에서 섬기는 것을 즐거워하오니 그들과 영원히 구별하옵소서!

천지와 바다와 땅 위에 모든 것이 아버지의 것이오며 아버지의 것은 모두 아들의 것이온데 아버지의 원하시는 것으로 받으실 줄을 믿사오니 아들이 사랑하는 것을 아버지와 같이 생명과 公義를 내가 사랑하나이다. 온유와 겸손과 진실한 마음의 화평과 정직한 중에서 아버지와 손을 잡고 아버지께서 보시는 앞에서 항상 동행하게 하옵소서!

"온유한 자를 公義로 지도하심이여 온유한 자에게 그 도를 가르치시로다."(시 25:9) "여호와의 친밀함이 경외하는 자에게 있음이여 그 언약을 저희에게 보이시리로다."(시 25:14)

천하를 진동시키라

"하나님이 어찌 심판을 굽게 하시겠으며
전능하신 이가 어찌 公義를 굽게 하시겠는가?"

(욥 8:3)

온 천하를 진동시키시는 것은 모두를 살리시려는 하나님의 사랑이시며 公義이시다. 평화를 원하는 자들에게는 칼을 쳐서 보습을 만들게 하시고(사 2:4), 전쟁을 원하는 자들에게는 보습을 쳐서 칼을 만들게 하시니(욜 3:10) 원하는 것으로 갚아 주신다.

병기로 싸워 생명을 해악하는 일은 公義가 되지를 못하나니 하나님께 죄요 악이다. 각각 다른 열국주의와 열왕들은 군사력과 국방 예산을 공포할 것이며 하나님을 사랑하고 公義를 사랑하라.

이웃과 형제들에게서 빼앗지 말고 해악하지 말라! 세계는 생명을 아끼는 자들의 것이며 남은 자들의 것이니 살리고 아끼고 돌아보고 보전하는 자들의 세계이다.

한 사람도 죽지 않게 하고 해악하지 말고 빼앗지도 말며 침노하지도 말라! 생명을 아끼라! 세계에 公義를 베풀어 살리게 하시는 것은 전도자로 하시는 하나님의 행사이시다.

이제 세계를 한 나라로 개판(改版)을 하시고 온 세계 천하를 진동시키신다. 땅 위에 사람들의 강포가 하늘에 사무쳤으니 천하를 진동시키실 것을 전도자에게 이르신 것이다.

영혼의 세계는 구음이 같은 한 나라요 여러 개의 나라가 아니다. 버려야 할 것을 모두 버리라. 살기 위하여 살리기 위하여 우상과 병기와 탈취하는 법과 편당과 지배 세력을 신속하게 내던져 버리고 公義를 배우고 건설하라.

"그때에는 그 소리가 땅을 진동하였거니와 이제는 약속하여 가라사대 내가 또 한 번 땅만 아니라 하늘도 진동하리라 하셨느니라. 이 또한 번이라 하심은 진동치 아니할 것들 곧 만든 것들의 변동될 것을 나타내심이니라. 그러므로 우리가 진동치 못할 나라를 받았은즉 은혜를 받자 이로 말미암아 경건함과 두려움으로 하나님을 기쁘시게 섬길지니 우리 하나님은 소멸하는 불이심이니라." (히 12:26~29)

도이야광(道而夜光)

"너는 이 백성에게 나가라! 내가 너와 함께하리라."(1955) 말씀하시어 "이 백성이 내 말을 듣습니까? 이 백성이 어두워서 내 말을 듣습니까 듣지 않습니다."라고 말씀을 드리니 하신 말씀 '도이야광(道而夜光)'이라 말씀하시며 "어두운 밤이라도 등불만 가지면 잘 갈 수 있다." 말씀하셔서 "더 기다리기로 하겠습니다." 하고 말씀을 드렸다.

"대저 명령은 등불이요 법은 빛이요 훈계의 책망은 곧 생명의 길이라."(잠 6:23) 등불은 명령이시니 곧 하나님의 말씀이시다. 명령을 전함은 곧 하나님의 말씀을 전함이니 복음은 모든 사람들의 것이 아니다. 가난한 자들에게 복음을 전한다 하라.

아버지께서 나로 할 수 없는 일을 하게 하시는 것은 하나님의 일이시다. 나를 항상 기뻐하셨고 사랑하셨다. 하나님의 말씀을 듣지 않고 믿지 않는 사람들이 죽은 자들이다.(1970. 4. 7) 듣고 말을 할 수 없는 사람과 말을 하지 않는 사람들이 모두가 죽은 자들이다. 온 세계 만방에 퍼지게 하시는 전도자의 목소리는 내 안에서 말씀하게 하시는 성령의 말씀이다. 나로 만방에 公義를 베풀게 하셨으니 마음과 말과 행사를 일치시켜 公義에 도달하게 하시는 것이다.

주님께서 이 시대에 나를 보내사 믿음이 없고 악한 세대에 마지막 교훈으로 公義를 베풀게 하셨다. 누가 지혜가 있어 이를 알겠으며 총명이 있어 이를 깨닫겠는가? 전도자가 지금 전하는 말씀은 내 자의로 하는 말이 아니고 아버지의 입으로부터 나오는 아버지 하나님의 말씀이다.

들으라! 열방의 열왕들은 모든 무기를 조속히 해제하고 부국강민으로 公義를 건설하고 강병빈국으로 불의를 건설하지 말라. 열국들아! 평화롭게 하고 평균하게 하는 지혜를 발굴하고 발휘하라! 만사를 성취시키시는 분은 오직 우리 하나님의 일이시다. 세계를 모두 살려 보전하여야 한다. 나로 할 수 없는 일을 하나님께서는 하게 하신다.

말씀을 전하는 전도자는 예할 뿐이다. 세상은 나를 미워하고 배척하나 아버지께서는 내가 원수를 사랑하고 公義를 사랑했기 때문에 나를 지극히 사랑하셨다. 내게 주신 이름 천수(天授)는 다윗으로 다윗의 자손으로 영원히 통치하신다. 인류가 평화롭게 복된 삶을 살기를 원하면 어두움의 세력인 우상과 병기와 탈취하는 법을 갖지 말고 모든 편당을 버려야 평화롭고 안전하게 살 수 있다.

"公義를 행하는 것이 의인에게는 즐거움이요 죄인에게는 패망이니라."(잠 21:15) "여호와의 도가 정직한 자들에게는 산성이요 행악하는 자에게는 패망이니라."(잠 10:29) "公義로운 길에 생명이 있나니 그 길에는 사망이 없느니라."(잠 12:28)

세상을 정복하는 능력

"왕의 능력은 公義를 사랑하는 것이라
주께서 공평을 견고히 세우시고 야곱 중(中)에서
공평과 公義를 행하시나이다." (시 99:4)

公義는 선악을 분간하시는 하나님의 품성으로서 악과 불의를 소멸시키고 모든 사람을 선대하시는 하나님의 최고의 지혜이시며 세상을 정복하는 능력이다. 진리로 公義를 베푸는 것은 성령으로 公義를 설명하는 것이다. 이 어두워 가는 시대에 우리가 할 일이 무엇이며, 또 내게 요구하시는 것이 무엇인가?

 "너희는 먼저 그의 나라와 그의 의를 구하라 그리하면 이 모든 것을 너희에게 더하시리라." (마 6:33) 우리가 선을 행할 능력도 자미(慈味)도 없는 삶을 언제까지 살 것이며 현대인들이 모아 쌓아 놓는 자미로 즐거움을 삼고 기뻐하기를 언제까지 할 것인가? 절대 가치의 우선순위를 바꿀 때가 되지 않았는가? 적금과 적재의 즐거움도 그 가치가 있지만 이제는 먼저 적덕과 적선을 우선하여 삶의 질을 높이고 내 권익을 우선하기보다는 타인의 권익을 우선할 줄 아는 형제애와 이웃 사랑을 십분 발휘하여 함께 즐길 줄 아는 복 받을 준비가 된 사람으로 삶을 살아 보자. 자신을 향하여 물어보자.

잘 산다고 생각하는가? 못 산다고 생각하는가? 알곡인가? 쭉정이인가? 들 포도인가? 참 포도인가? 전쟁을 원하는가? 평화를 원하는가? 전쟁을 위하여 병기를 생산하여 생명을 해악하며 병기를 사고팔며 빈국으로 갈 것인가? 평화를 위하여 살생하는 모든 병기를 버리고 부국강민이 되겠는가?

내가 원하는 것이 무엇인가? 우리 생영들의 아버지 하나님께서는 원하는 것으로 갚아 주시는 분이시다. 지금 우리 인류가 각각 자기들이 원하는 것 때문에 무엇을 하고 있는가?

화염을 원하면 화염으로 갚으시고 칼을 원하면 칼을 받는다. 원치 않으면 모두 거두신다. 범죄하는 것은 스스로 해악하는 죄악이다. 비둘기의 순결과 기러기의 질서를 배우라. 公義를 배우고 행하며 살다가는 자가 많지 않다. 열국의 열왕들은 병기와 화염으로 싸우지 말고 세상을 정복하는 능력인 公義로 싸워서 땅을 정복하라.

듣고 깨닫고 公義를 행하고 건설하여 천하를 주고도 바꿀 수 없는 생명을 아끼고 돌아보며 함께 세상을 정복하는 능력 公義를 행하며 평화를 우리 다 함께 누리자.

밝은 빛

"내 백성이여! 내게 주의하라.
…… 이는 율법이 내게서부터 발할 것임이라.
내가 내 公義를 만민의 빛으로 세우리라." (사 51:4)

公義의 밝은 빛이 비쳐 오는데 요나와 같이 하나님의 눈을 피하여 배 밑창 어둠에서 잠자고 있는 어두운 세대여! 하박국 선지자의 예언대로 "너희 생전에 내가 한 일을 행할 것이라. 혹이 너희에게 고할지라도 너희가 믿지 아니하리라." (합 1:5)

불신하는 패역(悖逆)한 세대여 公義의 밝은 빛으로 나오라! "새 포도주를 낡은 가죽 부대에 넣지 아니하나니 그렇게 하면 부대가 터져 포도주도 쏟아지고 부대도 버리게 됨이라 새 포도주는 새 부대에 넣어야 둘이 다 보존된다." (마 9:17)는 예수님의 말씀에 귀를 기울여 보자. 지나치게 타성에 젖어 있는 우리가 그 타성에서 벗어나지 않으면 들을 수 없는 하나님의 마지막 교훈(심판) 公義는 세상을 정복하는 능력이며 세계의 정기(精氣)이다. 땅을 公義로 정복하자. 탐심과 탐욕으로 미혹된 시대 불의와 불법으로 범벅이 된 세상 속에서 우리가 公義를 배우고 익혀서 진정한 개혁을 하여야 할 문턱에 우리들이 서 있다. "이 땅

의 죄악을 하루에 제하리라." (슥 3:9)

"여호와의 아시는 한 날이 있으리니 낮도 아니요 밤도 아니요 어두워 갈 때에 빛이 있으리로다. 그날에 생수(영혼을 즐겁게 하는 교훈)가 에루살렘에서 솟아나서 절반은 동해로 절반은 서해로 흐를 것이라 여름에도 거울에도 그러하리라. 여호와께서 천하의 왕이 되시리니 그날에는 여호와께서 홀로 하나이실 것이요 그 이름이 홀로 하나이실 것이라." (슥 14:7~9)

치료받은 자민

"公義를 지키는 자들과
항상 公義를 행하는 자는 복이 있도다."

(시 106:3)

하나님께서는 탐욕을 버리고 악을 떠난 자민들을 치료하시어 보호
하시고 살리시며 우리 모두에게 유익하도록 가르치고 마땅히 가야
할 길로 인도하시는 모든 영혼들의 아버지 하나님이시다. 우리가 주의
명령에 귀를 기울이기만 하였더라면 평화가 강같이 흘렀겠고 公義는
바다같이 흘렀을 것이다.

지금 우리의 현실은 악과 불의와 불법으로 가득 찬 어두운 현실이
되었다. 악이 악을 소멸시키지 못하고 불의가 불의를 소멸시키지는 못
한다. 오직 넘치는 公義가 악과 불의와 불법을 소멸시킬 수 있다.

강성은 망하고 부성은 패망하며, 강병은 끝까지 빈국을 부른다. 지
금도 탐욕을 떠난 깨끗한 영혼의 신부들을 찾으신다. 세상 줄에 억매
이지 않고 순결하고 정직한 신부들은 각자가 말씀으로 자기의 영혼
을 다스려서 公義의 밝은 빛을 사모하고 선악을 분간하시는 하나님
의 말씀 안에서 영혼의 즐거움을 누리는 자민들이다. 이들이 하나님의

통치 아래에서 생명의 즐거움을 누리는 신부들이다.

인류 모두가 번성과 미래에 대한 소망 속에 살도록 하시고 악인들이 죽는 것을 기뻐하시지 않으시고 회개하고 복 받는 삶을 살아가기를 원하시며 진리를 알기 원하신다.(겔 18:23, 벧후 3:9)

모두가 미혹된 마음으로 탐욕을 따르고 향락과 불의와 불법의 대로를 달리고 있는 현대인들을 미리 보시고 깨닫게 하시려고 예수님은 사람들이 악인의 다수를 따라 흑암으로 빠져들지 않도록 돼지 떼 비유로 교훈을 베푸신 것 같다.

사람들의 미혹을 받지 말라. "미혹은 선을 가장한 악의 속삭임이다."라고 전도자에게 이르셨는데 사람들은 미혹을 하고 미혹을 당하고 속으며 속이고 있으니 이는 모두가 탐심을 버리지 못했기 때문이니 말씀으로 치료를 받고 보전하심을 받는 복된 자민들이 되자.

성을 보시고 우시며 하신 말씀

> "公義의 공효(功效)는 평화이요
> 公義의 결과는 영원한 평안과 안전이라."
>
> (사 32:17)

"예수는 평화를 위해서 지금도 성을 보시고 우시며 하신 말씀 너도 오늘날 평화에 관한 일을 알았더면 좋을 뻔하였거니와 지금 네 눈에 숨기웠도다."(눅 19:41~42)

평화가 무엇인지 모르는 사람들은 평화를 논하는 일이 마치 평화가 어떤 것인지 그림으로 그리려고 하는 만큼이나 불가능한 일이다. 평화는 진실과 진정으로 예배하는 하나님의 나라이며, 자기 안에 탐욕을 떠나서 악을 버린 사람의 개인주의의 극치(자유)이다. 평화는 뺏는 것도 아니고, 평화는 보는 것도 아니고, 평화는 감추는 것도 아니고, 숨기는 것도 아니니 평화는 각 사람이 누리는 평안이다. 평화는 값을 지불하고 사거나 돈을 받고 팔 수 있는 것이 아니다.

평화는 하나님을 아는 것이다. 평화는 公義를 행하는 것이다. 평화는 하나님을 사랑하는 것이다. 평화는 원수를 갚지 않는 것이다. 평화는 바른 말과 선한 말로 일체가 되는 것이지 공동체가 되는 것이 아니다. 일체된 의는 하늘에서 하감하고, 진리는 땅에서 솟아난다. 하나님은 돌아보심으로 의로우시고 진리는 이와 같이 사람과 사람이 모두 다 함께 한결같이 돌아보는 것으로 이웃을 내 몸과 같이 사랑하는 것이다. 평화는 하나님을 알고 사랑하며, 公義를 행하며, 원수를 갚지 않는 것이다. 자랑하며, 속이며, 원망하며, 강포하며, 빼앗으며, 모아 쌓기만 하고 하나님을 모르고 公義가 되지 못하는 곳에는 평화가 없다.

세계 평화는 사람의 손으로 만든 신상과 병기를 내던져 버리고 公義로 심판하는 교훈을 베풀고 지배 세력 없는 한 나라 정부로 모든 나라들이 통계를 관리하는 정부를 하나만 가질 것이며 한 개의 연방 정부나 통일 정부를 갖지 말고 모든 열국들이 제도만 같이 하고 현재의 판도(版圖)를 유지 존속시키도록 하는 것이다.

살육하는 모든 병기는 그 만든 자들에게 백해무익한 것이고 그 의지하는 자들에게는 아무런 가치가 없고 천하를 주고도 바꿀 수 없는 생명을 해악하며 아름다운 땅만 더럽힐 뿐이다. 평화는 정직한 것이니 公義로 모두를 살리는 데 있다 .

전쟁은 어디까지나 속이는 것이고 속는 일이다. 불의와 불법이 없고 지배 세력이 없는 정책 운영으로 모든 정부는 같은 기호 같은 제도로 통일시켜야 한다. 주권은 오직 아버지 하나님께만 있고 형제들 위에는 지배자가 없어야 한다.

평화를 말하면서 전쟁을 일삼고 전쟁을 지도하는 자가 마귀요, 살린다고 말하면서 죽이는 행사를 택하는 자들이 사탄이며, 살린다고 입술로 말하면서 죽이는 일을 도모하는 자들이 미혹하는 영들이다.

진리의 영과 미혹의 영이 있음을 알고, "서로 마음을 같이하며 높은 데 마음을 두지 말고 도리어 낮은데 처하며 스스로 지혜 있는 체 말라 아무에게도 악으로 악을 갚지 말고 모든 사람 앞에서 선한 일을 도모하라. 할 수 있거든 너희로서는 모든 사람으로 더불어 평화하라. 내 사랑하는 자들아 너희가 친히 원수를 갚지 말고 진노하심에 맡기라. 기록되었으되 원수 갚는 것이 내게 있으니 내가 갚으리라고 주께서 말씀하시니라." (롬 12:16~19)

선악과를 먹지 말라

"그들이 행하는 곳에는 公義가 없으니 ······
이 길을 밟는 자는 평강을 알지 못하느니라."

(사 59:8)

선한 생각과 말과 행사로 악과 교류하지 말고 하나님께 속하며 동행하라. 빛과 어둠, 선과 악이 교류하게 되면 반드시 정녕 죽을 것이라 하신 것은 선악과를 따 먹지 말라하신 말씀 중에 감추어 두신 비밀이다.

선한 마음과 말과 행사로 악한 마음과 말과 행사에 합류하고 교류하지 말아서 오직 선에 속하여 세상에 속하지 말고 하나님께 속할 것이라. 원수까지도 사랑하는 것이 하나님의 公義요 사랑이시다. 내가 내 원수를 갚는 것은 아버지께서 갚아 주심을 믿지 못하는 악념이다.

인류의 패역을 치료하시는 하나님의 뜻은 사람들이 창조 본래의 형상 곧 패역이 없는 상태로 하나님만 바라고 사는 믿음이 요구된다.

세상에 속하지 않은 마음과 말과 행사를 일치시켜 탐욕을 버리고 하나님을 향한 일념으로 살자. 악과 교류하는 시점이 정령 죽음이라는 것을 꿈에도 잊지 말라.

친정권(親政權) 회복

"저는 정의와 公義를 사랑하심이여
세상에 여호와의 인자하심이 충만하도다."

(시 33:5)

전도자는 "하나님의 公義와 친정권을 선언하고 평화를 공포하며 公義를 선포한다."

천지의 주재이신 하나님의 친정권은 자기 백성들에게서 빼앗지 않으시고 억압하는 인간의 왕권과는 상관하시지 않으신다.

하나님의 친정권은 바른 말씀과 선하신 진리의 말씀으로 이르시는 것이요 압탈이나 수탈하는 일이 없이 평안히 살리시고 아끼시며 돌아보시고 보전하시며 公義로 친히 다스리시는 왕권이시다.

생육하고 번성하여 땅에 충만할 것과 땅을 정복할 것을 명하셨다. 정치 세력과 편당에 의해서 개인이 억압을 받아서는 안 된다. 우리 하나님께서는 소수로 역사하시고 혈육의 권세로 자긍하는 불의의 다수를 기뻐하시지 않으신다.

모든 왕권은 하나님께만 있고 큰 자가 어린 자를 모두 편안하게 하시는 예수그리스도만이 왕(선생)이시다. 이제 땅 위에 "우상들은 온전히 없어질 것"(사 2:18)들이다.

"저희가 주의 법을 폐하였사오니 지금은 여호와의 일하실 때니이다."(시 119:126) 하나님께서 분노하므로 왕을 주셨다 하셨으니 이는 지난날의 일이요 이제는 열국의 열왕들을 파하실 때가 되었다. "내가 분노하므로 네게 왕을 주고 진노하므로 폐하였노라."(호 13:11) 이제 형제들 중에서 높임을 받는 지배 세력을 없이 하신다. "나는 여호와니 이는 내 이름이라. 나는 내 영광을 다른 자에게 내 찬송을 우상에게 주지 아니하리라. 보라 전에 예언한 일이 이미 이루었느니라. 이제 내가 새 일을 고하노라. 그 일이 시작되기 전이라도 너희에게 이르노라."(사 42:8~9) "오는 우리 조상 다윗의 나라여! 가장 높은 곳에서 호산나 하더라."(막 11:10)

그리스도의 왕권은 다윗의 왕권으로 그 위를 영원히 견고하게 하신다. "그 정사(政事)와 평강의 더함이 무궁하며 또 다윗의 위에 앉아서 그 나라를 굳게 세우고 지금 이후 영원토록 공평과 정의로 그것을 보존하실 것이라. 만군의 여호와의 열심이 이를 이루시리라."(사 9:7, 시 89:3~4, 눅 1:32~33, 렘 23:5~6 참조)

비천한 자를 들어 가장 큰 자가 되게 하시고 그 큰 자로 어린 자들 모두를 편안하게 섬기시는 친정권은 진동치 못할 나라이니 하나님의 통치는 대대에 이르시며 하나님의 친정권으로 만유를 영원히 통치하신다.(시 103:19, 145:13, 146:10 참조)

하나님의 나라는 영원한 영광 나라

"하늘이 그 公義를 선포하리니
하나님 그는 심판장이심이로다."

(시 60:6)

하나님의 나라는 예수그리스도의 교훈으로 변화를 받아 회개할 것
없는 사람들이 머무는 곳이다.

"네 백성이 다 의롭게 되어 영영히 땅을 차지하리니 그들은 나의 심
은 가지요 나의 손으로 만든 것으로서 나의 영광을 나타낼 것인즉 그
작은 자가 천을 이루겠고 그 약한 자가 강국을 이룰 것이라. 때가 되
면 나 여호와가 속히 이루리라." (사 60:21~22)

"세상 나라가 우리 주와 그리스도의 나라가 되어 그가 세세토록 왕
노릇하시리로다." (계 11:15)

생명의 근원이신 하나님은 인류를 심판(교훈)하시는 만왕의 왕이시
다. 다윗과 그 자손들로 통치하시는 하나님의 나라는 영원무궁한 나
라이며, 모세도 예수도 전도자도 "너희는 다 형제라." (마 23:8)

인류는 한 혈통으로 지으심을 받은 한 형제로 모두가 지존자의 신
들 곧 자민(子民)들이다. 예수그리스도를 믿는 모든 형제 자매들이 하

나님의 나라(생영, 빛)들이다. 하나님의 나라와 公義는 분리시킬 수 없다. 公義가 시행되지 않는 곳에는 훼멸(毀滅)이 있을 뿐이다.

아버지 보시기에 정직하고 선량한 일을 행하라! 하나님의 나라는 자민들이 거하는 영광 나라로 범죄하지 않고 회개할 것 없는 자민들의 마음속에 있는 나라이다. 모든 사람들이 갈 수 있는 나라이지만 또한 갈 수 없는 나라이기도 하다.

하나님의 나라는 독행하는 길이니 의롭고 公義로운 길이기 때문에 탐욕을 버리고 악에서 떠나 순결 정직하며 속임 없이 선하면 복을 다스리는 길로 혼자서 푯대를 향하여 달려갈 수 있고 생명의 즐거움을 누리는 나라이다.

하나님의 나라 낙원은 자민들이 거하는 영원한 영광 나라이며 범죄하지 않고 회개할 것 없는 자들의 마음속에 있는 나라이다. 사랑하는 자녀들과 함께 같이 갈 수 있는 나라이지만 또한 갈 수 없는 나라 이기도 하다.

물론 사랑하는 아내와 같이 갈 수 있는 나라이지만 같이 가지 못하는 나라이기도 하다. 하나님의 말씀을 꼭 잡고 동행하면 혼자서 가며 누릴 수 있는 나라이다. 하나님의 나라는 생영들의 나라(씨)이다. 여호와는 하늘을 창조하신 하나님이시며 땅도 창조하시고 견고케 하시되 헛되이 창조하시지 않으시고 사람으로 거하게 지으신 하나님이시다.

"내가 땅을 만들고 그 위에 사람을 창조하였으며 내가 친수로 그 만상을 명하였노라." (사 45:12, 렘 27:5, 사 42:5~8 참조)

하나님의 나라는 사후의 세계가 아니니 탐욕을 버리고 악을 떠나 회개할 것 없는 순결 정직한 자민들이 거하는 하나님의 나라(씨)이니 영원한 영광 나라이다.

하나님의 통치

"나 여호와는 公義를 사랑하며 불의의 강탈을 미워하며
성실히 그들에게 갚아 주고 그들과 영영한 언약을 세울 것이라."
(사 61:8)

하나님의 통치하시는 만대의 왕권을 선포하고 公義를 선포한다. 하
나님의 말씀으로 교훈하시는 왕권은 사람에게 뺏긴 것도 아니요, 사
람에게 준 것도 아니고, 사람에게 값을 받고 넘겨 준 것도 아니고 팔
수도 없는 것이다. 사람은 바른 말과 선한 말을 할 수가 없느니라. 속
이고도 정직하다 말하고 학대를 하고도 편안하게 했다고 한다. 바른
말과 선하신 말씀은 오직 하나님께 속한 것이니 공평과 의는 영원히
패할 수가 없는 것이요 망하지도 않고 망할 수도 없다.

돌아오라! 하나님은 자기 백성들에게서 아무것도 빼앗지 않으신다.
먹고사는 것 외에 더 구할 것이 없고 먹을 것이 없게 되는 일은 하나님
의 뜻이 아니다. 자기의 영혼을 잘 다스리는 자는 하나님의 통치 아래
굳게 서고 흔들리지 않는 삶을 사는 신부들이다. 아담에게 선악과를
주시고 다스리게 하셨다. "선악을 알게 하는 나무의 실과를 먹지 말
라. 네가 먹는 날에는 정녕 죽으리라."(창 2:17) 말씀을 하셨는데 자기

가 자기를 다스리지 못하고 "결코 죽지 아니하리라."는 선을 가장한 악의 속삭임에 미혹되었다. 오늘을 사는 우리도 악에 협력하고 타협하면 결코 살 수 없다. 탐욕을 버리게 되면 속지도 않고 미혹을 당하지도 않는다.

탐심은 영혼과 육체까지도 불태우고 족할 줄 모르게 하고 꺼지지 않는 불구덩이가 된다. 개인주의의 극치를 누리는 사람들은 탐욕을 버리고 악을 떠난 사람들 곧 그리스도의 장성한 분량이 충만한 자리까지 이르는 사람들이다. "누구든지 그리스도 안에 있으면 새로운 피조물이라 이전 것은 지나갔으니 보라 새 것이 되었도다."(고후 5:17)

누구든지 그리스도 예수의 마음이 없으면 진리를 배척하고 성령을 훼방하고 변론을 즐기며 그림 속의 떡으로 배를 채우려는 우상들이다. 우상의 도에는 생명이 없으니 그림 속의 떡일 뿐이다. 사람들의 영혼을 즐겁게도 못하고 하나님의 통치 아래 거하지도 못하게 한다.

영혼의 세계가 우리 하나님의 통치 아래 있으며 한 사람도 죽지 않고 살게 하시려는 하나님의 열심을 알지 못하고 있다. 이 시대의 아픔은 생명의 근원이신 하나님을 잃어버린 것이다. "내 백성이 두 가지 악을 행하였나니 곧 생수의 근원이 되는 나를 버린 것과 스스로 웅덩이를 판 것인데 그것은 물을 저축치 못할 터진 웅덩이니라."(렘 2:13)

권력으로 다스리는 오늘날 "한 교회 안에 신부 자격을 갖춘 자가 몇 사람이나 있을까 모르겠다 다니면서 찾아보아라." 전도자에게 말씀하신 성령의 음성은 무엇을 의미하는가? 있을 수도 있고 없을 수 있겠는데 아직은 찾을 수 없다는 전도자의 아픈 마음!

순결하고 정직한 영혼의 처녀는 남자도 될 수 있고 여자도 될 수 있다. 처녀(신부)의 정의가 성령께서 증거하신 것처럼 영혼이 정직하여 탐욕을 버린 자가 하나님을 경외하고 신랑을 기다리는 신부이다.

성령의 말씀으로 보내심을 받은 분이 예수그리스도이시며 그 말씀을 사랑하는 자들이 처녀이니 그들이 곧 신부이다. 그러면 신랑은 누구인가? "이는 내 사랑하는 아들이요 내 기뻐하는 자라."(마 3:17) 증거된 인자를 말씀하신다.

눈물과 고통, 원망과 자랑, 교만이 없는 사람들 순결 정직하고 탐욕이 없는 사람들 약자를 일으키고 없는 자를 돌아보고 손을 내밀며 사랑하는 신랑을 위하여 예비된 깨끗한 영혼의 처녀들을 지금도 찾으신다. 말씀 안에서 영혼의 순결과 정직으로 준비된 자들이 그리스도를 만날 수 있다. 처녀는 하나님과 그리스도를 기다리는 자민들이다.(1967. 9. 10) 하나님의 통치를 받으며 자기를 다스릴 줄 아는 자민들은 정직한 시민생활로 하나님의 통치 아래서 빛을 발하는 생영(나라, 씨)들이다.

왕이란

"진실로 하나님은 악을 행치 아니하시며
전능자는 公義를 굽히지 아니하시느니라."

(욥 34:12)

왕이란 백성에게서 섬김을 받는 자가 아니며 백성을 섬기는 자이다. 왕은 죽게 되어도 백성이 죽게 되면 하나님의 나라(씨)는 되지 못한다.

모든 주권은 하나님께 있고, 교훈하시는 왕권은 큰 자가 어린 자들을 섬기는 것으로 보내심을 받은 그리스도에게 있다. 사람 중에 높임을 받는 우상이 있는 곳에는 끝까지 전쟁이 있으리니 이는 公義가 되지 못하고 公義를 행할 수가 없기 때문이다.

公義로우신 하나님의 주권과 교훈하시는 하나님의 왕권을 선포한다. 왕들이 살고 그 백성들이 죽게 되는 것은 거짓 왕이며 마귀의 왕이다. 세계는 지금 모든 주권을 만왕의 왕이신 하나님께 돌리고 바쳐야 할 문턱에 와 있다. 이를 누가 알겠으며 또 믿겠는가?

땅 위에 모든 온유한 자들이여! 하나님은 백성을 모두 살리시고 평안히 거하게 하시며 교훈하시는 만왕의 왕이시며 만대의 왕이시다. 하나님의 심판(교훈)은 무섭고, 두렵고, 떨리고, 놀랄 것이 아니라 즐거운 소리를 아는 자는 유복한 자라 할 만큼 기쁜 소식이다.

왕은 지배자가 아니다. 예수그리스도는 선생(왕)이시다. "너희 선생은 하나요 너희는 다 형제니라." (마 23:8) 섬김을 받는 자가 큰 자가 아니고 섬기는 자가 큰 자이다.

선생이 제자들을 찾아가지 않고 제자들이 선생의 생도가 되려고 찾아가는 것이다. 왕은 살리는 선생이다. 마지막 교훈하시는 하나님의 왕권을 버리고 사람을 왕과 교황으로 삼았으니 한심하고 딱한 세상 아닌가? 왕은 살리는 명령자이시니 公義로 살리는 용맹을 발휘하여야 한다.

율법의 의로는 사람의 영혼을 살릴 수 없다. 이 땅에서 국민들이 원치 않는 입법을 하거나 시행이 되지 않아야 한다. 온갖 속임수를 막아내는 진리의 법 公義의 밝은 빛이 모두를 편안하게 하고 잘 살게 할 수 있는 유일한 길이니 좁고 협착한 길이다. "좁은 문으로 들어가기를 힘쓰라! 내가 너희에게 이르노니 들어가기를 구하여도 못하는 자가 많으리라." (눅 13:24) 그러나 자민들에게는 시온의 대로가 된다. 미움이 사랑으로 악이 선으로 어둠이 빛으로 돌아오는 모습을 보시며 기뻐하시는 하나님을 찾고 우리 다 함께 주님과 동행하는 자민들이 되자.

하나님의 유일하신 독생자 예수그리스도의 지혜는 세상 나라와 사람의 왕권에 관계를 하시지 않으셨다. 세상 나라와 관계를 맺고 인간의 왕권을 찾았으면 어찌 성자신손(聖子神孫)이라 칭하겠는가?

이는 곧 불의의 명령자가 되기 때문이다. "의와 公義가 주의 보좌의 기초이며, 왕의 능력은 公義를 사랑하는 것이고, 만민의 빛이며, 정오의 빛이다."(시 89:14, 99:4, 사 51:4, 시 37:6)

살리는 명령자는 지배 세력을 배제하여야 한다. 만대를 통치하시는 만유의 왕권은 영혼의 세계를 한 나라, 한 민족, 한 형제같이 영원히 통치하시는 왕권이다.

아브람

"公義를 행하는 것이 의인에게는 즐거움이요
죄인에게는 패망이니라."

(잠 21:15)

아브람은 부모를 거역한 일에 하나님께서 승인한 사람이다. 아버지 데라는 우상을 깎고 만들어 장사하여 먹고 살았다. 어느 날 아들 아브람은 그 우상들을 모두 부수고 아버지께 대답하기를 저것들의 큰 것이 작은 것들을 모두 때려 부수어 버렸습니다.

다 부수어지고 큰 것 혼자만 남아 있기에 내가 마지막 혼자 남아 있는 우상을 부수어 버렸나이다. 하고 아버지께 거짓말을 했는데 이 행사가 하나님을 기쁘시게 한 행사가 되었다. 이 심판과 교훈은 아들이 아버지를 가르치고 교훈한 것이 하나님의 친교(親交)라고 해서 아브람이란 이름의 역할을 해냈고 이름을 고쳐 많은 무리의 아비 '아브라함'이라 하셨으니 또 다른 역할자로 열국의 아비가 되게 하셨다. 이것을 믿으라.

듣는 자는 살아나리라

"너는 마땅히 公義만 쫓으라 그리하면 너희가 살겠고
네 하나님께서 네게 주시는 땅을 얻으리라."

(신 16:20)

하나님께서 말씀하시는 죽은 자는 결과를 말씀하신다. 무덤 속에
있는 자들의 이야기가 아니다. "죽은 자들이 하나님의 아들의 음성을
들을 때가 오나니 곧 이때라. 듣는 자는 살아나리라."(요 5:25) "선한
일을 행한 자는 생명의 부활로 악한 일을 행한 자는 심판의 부활로
나오리라."(요 5:29)

마르다의 부활 신앙이 현대인들의 부활 신앙이 되었음을 상기시킨
다. "마지막 날 부활에는 다시 살 줄을 내가 아나이다."(요 11:24) 이때
에 주님께서 하신 말씀 "나는 부활이요 생명이니 나를 믿는 자는 죽어
도 살겠고 무릇 살아서 나를 믿는 자는 영원히 죽지 아니하리라 이것
을 네가 믿느냐."(요 11:25~26)

죄인들이 패역을 고치고 公義를 행하면 생명의 부활로 옮겨 죽음에
서 생명으로 나오는 것이고 악을 행하고 패역을 치료받지 않고 못하
면 심판의 부활로 나오게 하시는 것이다.

사람이 사는 것이 낮이니 곧 빛(생명)이다. 마지막 교훈을 듣지 않고 받아들이지 않는 자들은 살아 있으나 그 모든 행위가 실상은 죽은 자들이다.

선지자 하박국이 묵시로 받은 경고를 들어 보자. "여호와께서 가라사대 너희는 열국을 보고 놀라고 또 놀랄지어다. 너희 생전에 내가 한 일을 행할 것이라. 혹이 너희에게 고할지라도 너희가 믿지 아니하리라."(합 1:5)

"때가 이르리니 사람이 바른 교훈을 받지 아니하며 귀가 가리워서 자기의 사욕을 쫓을 스승을 많이 두고 또 그 귀를 진리에서 돌이켜 허망한 이야기를 쫓으리라."(딤후 4:3~4)

창세 이후로 사람을 보내서 천하를 주고도 바꿀 수 없는 생명을 살리시고, 기르시고, 아끼시고, 보전하실 것을 알지도, 깨닫지도 못하는 백성들에게 종과 선지자들을 보내셨으나 그들은 듣지 않았다.

"너희는 귀를 기울이고 내게 나아와 들으라. 그리하면 너희 영혼이 살리라. 내가 너희에게 영원한 언약을 세우리니 곧 다윗에게 허락한 확실한 은혜니라."(사 55:3, 잠 4:4 참조) 빛의 자녀들아! 들으라! "듣는 자는 살아나리라."(요 5:25)

짐승의 지혜

사람이 짐승일 수 없으나 내미는 손이 없고 피를 흘리기 좋아하는
자들은 모두 짐승인 것이다. 또한 사람이 뱀일 수 없지만 두 마음과
두 개의 혀를 가지고 형제와 이웃을 속이는 사람으로 행사하면 그 모
두가 뱀인 것이다.

탐심과 탐욕을 버리지 못하는 사람들을 성서에서는 여우라. 말하였
으니 공산주의가 짐승일 수 있고 뱀일 수도 있으면 열국주의의 정당인
민주주의는 여우일 수 있다. 에서와 야곱은 형제로 에서는 형이요 야
곱은 아우이니 에서는 붉음으로 공산주의로 볼 수 있고 야곱은 민주
주의로 볼 수 있다.

공산주의와 민주주의는 역사 속에서 계속 싸우고 있지만 이제는 열
국주의인 공산주의도 민주주의도 모두 버리지 않고 버릴 수 없다면
눈물과 한숨과 고통이 뒤를 따르고 땅을 더럽힐 뿐이니 모두 버려야
만 살게 되고 비로소 참된 평화가 오게 되는 것이다. 예루살렘을 향하

여 눈물을 흘리며 하신 예수의 음성을 다시 들어 보자!

"너도 오늘날 평화에 관한 일을 알았으면 좋을 뻔하였거니와 지금 네 눈에 숨기웠도다." (눅 19:42)

인류가 허신 우상과 병기와 편당을 미련 없이 내던져 버리고 무장을 해제하고 전쟁을 완전히 종식시키고 하나님께로 돌아오지 않으면 작정하신 뜻대로 온 세계 끝까지 公義로 훼멸하심을 목격할 수밖에 없게 된다.(사 10:22~24, 28:22, 46:10 참조)

에서와 야곱 두 형제가 합일점을 찾는 지혜를 성서에서 찾아 분단의 아픔을 치유하는 지혜를 발휘하자. 하나님께 구하고 인류는 한 혈통으로 한 형제 한 민족 한 나라의 생영들이니 생명의 즐거움을 저해하는 요인들을 제거하고 평화하는 길 公義로 나아오라! 우리 하나님은 복을 주시는 영혼의 아버지 하나님이시다.

"우상은 전쟁을 부르고, 전쟁은 병기를 부르고, 병기는 탈취하는 법을 부르고, 법은 지배 세력을 부르고, 지배 세력은 속임을 부르고, 속임은 원망을 부르며, 원망은 자랑을 부르고 자랑은 교만을 낳는다."

자기 마음에 하나님의 말씀과 가르치심으로 말과 행사를 정돈시키지 못한 자들은 위와 같은 소용돌이 속에서 고통을 당하게 되는 것이다.

"존귀에 처하나 깨닫지 못하는 사람은 멸망하는 짐승 같도다." (시 49:20)

강포와 탈취

"악인의 강포는 자기를 소멸하나니
이는 公義 행하기를 싫어함이니라."

(잠 21:7)

강포와 탈취가 있는 곳이 짐승의 세계요, 형제와 이웃을 속이고 미혹
하는 세계가 뱀들이 우글대는 세계이다. 탐심과 탐욕을 쫓는 사람들
을 여우라 칭한다.

이 땅에는 공산주의와 민주주의가 존재하며 공산주의가 짐승이며
뱀일 수 있으면 민주주의는 여우와 뱀일 수 있다. 에서와 야곱은 형제
간이다. 에서는 야곱의 형으로 공산주의를 상징하고 야곱은 아우로
민주주의를 상징하나니 지금의 세계는 양대 진영으로 대립과 반목으
로 일관하고 있다. 公義가 되지 못하는 모든 것은 하나님께서 반드시
무너뜨리신다.

야곱은 에서의 강포에 해를 입을까 도피한 것을 본다. 이 땅에 참된
평화는 공산주의도 민주주의도 모두 병기와 함께 버리고 公義를 세우
는 하나님의 일에 동참을 하여야 살 수 있고 살리심을 받게 되고 보전
된다.

민주주의는 다수를 따라 소수를 승복시키는 사람들의 지혜요, 공산주의는 소수의 강포에 의해서 다수의 약자들이 짓밟히고 찢기고 먹히며 해악을 입히는 짐승들의 지혜이다.

유일하신 우리 하나님의 독생자 예수그리스도의 지혜는 소수로서 다수를 살리고 하나가 전체를 살려 평안하게 인도하시고 보존하시는 하나님의 높으신 지혜이시다.(롬 11:33, 시 10:5, 시 139:6 참조)

한 사람이 죽음으로 한 사람도 죽지 않게 살리시는 하나님의 지혜 앞에는 민주주의도 공산주의도 모두가 무익한 것이니 모두 미련 없이 버려야 한다. 탐욕을 버리고 악에서 떠나서 예수그리스도로 옷 입고 새 사람이 된 사람들의 개인주의의 극치(자유)가 자민주의의 시작이며 민주주의로 가는 초보임을 전도자는 자주 언급하여 알렸다.

"여호와께서 자기의 公義로우심을 인하여 기쁨으로 그 교훈을 크게 하며 존귀케 하려 하였으나 이 백성이 도적을 맞으며 탈취를 당하며 다 굴 속에 잡히며 옥에 갇히도다. 노략을 당하되 구할 자가 없고 탈취를 당하되 도로 주라 할 자가 없도다."(사 42:21~22)

주권과 인권

주권과 인권문제는 전 인류의 문제이다. 국민의 정부와 정권은 국민의 최소한의 자기 영농지를 빼앗으면 안 된다. 국민의 정부와 정권이 국민들의 산업을 구박하고 기업을 구박하는 정권과 정부는 존속하여야 할 의미가 없게 된다.(1990. 6. 24)

사지 않을 권리도 있지만 팔지 않을 권리도 함께 누릴 수 있어야 하는 것이다. 자민들의 주권과 자연인의 자유 평등의 권리는 유일하신 하나님의 말씀에 있다.

한국

세계는 한국이요 한국은 세계의 전제(前提)이다. 한국의 남북 합일
(合一)은 한반도의 분단을 전제로 세계 합일과 평화를 성취하는 후제
(後提)가 된다. 전제는 후제를 어떻게 이끌고 나가느냐의 모형이다.

편당은 公義가 되지 못하기 때문에 현재의 각각 다른 열국주의를 과
감하게 버려야 한다. 열국주의와 편당을 버리지 못하는 남북 합일 방
안은 존재할 수 없다.

한국은 숨 쉬는 콧구멍이니 열국들은 한국을 아껴야 한다. 연기와
화염의 불씨가 북에서 장난치고 물과 파도는 일본에서 일고 있으며 러
시아(기록 당시 소련)는 불꽃을 사모하는 나라여!(창 27:39~40 참조)

사경의 숲에 불을 놓음이여! 풀밭에 이슬이 말랐도다. 숨쉬는 콧구
멍을 막지 말라! 중국, 일본, 러시아, 미국, 한국의 수뇌가 국방부 주도
하에 전 세계가 무장을 해제하고 열국주의와 편당을 전체 소멸시키고
한반도의 남과 북이 합일하도록 그 성취를 도모하여야 한다.

한반도의 거민들이 애국가로 하나님을 부르는 것은 천의(天意)이기 때문에 부국강민을 이룩하려면 세계의 정기인 국제 公義가 반드시 건설 되어야 한다. 이제는 정당과 우상과 병기를 과감하고 신속하게 버리는 나라가 강국이 되고 세계를 정복하는 일등국이 된다.

일본은 탐욕을 버리고 중국의 자유시장과 러시아 시장에 투자하는 입장에서 무상 공여가 되도록 지혜를 발휘하여야 한다. 일본은 중국과 러시아 수뇌들과 의논하여 병기를 신속하게 해체하고 버리는 지혜와 용기를 십분 발휘하여야 모두가 부강으로 가는 길이 되며 세계가 평화를 누리게 된다.

애국가로 하나님을 부르는 한국은 온 세계의 만민을 모두 살리고 아끼고 돌아보고 보존하는 역할을 담당할 사명을 부여받았으며 선택을 받은 민족이다. 한국(시온)을 침노하는 나라는 망한다.

남북 합일(合一)

남북의 문제는 무엇보다도 조급하게 하지 말아야 한다는 것이 나의 견해이다. 한국전쟁 65년(기록 당시 40년) 이상의 이질적인 변화를 가져온 남북의 합일은 반드시 동질화 작업을 수행하여야 한다. 각각 다른 열국주의를 버린 같은 두 개의 정부를 두어야 하기 때문에 조심 없이 생각 없이 조급하게 다루어서는 결단코 안 된다. 무엇보다도 예측 불허한 불의의 충돌과 격돌을 "단은 배에 머무름은 어찜이뇨?" 하지 않도록 어떠한 일이 있어도 반드시 막아 내야 하며 반공과 멸공 없이 조급하게 조심성 없이 해서는 결단코 안 되는 것이다.

민족의 동일성 회복은 남북 합일 기본법을 입법 처리로 시작하여야 된다고 본다. 남북의 정상은 통일이란 말을 쓰지 말고 합일(合一)이란 말을 써서 남북의 합일에 합의를 하여야 한다. 군사력을 믿고 자랑을 해서도 안 되고, 힘으로 굴복을 시키려고 하지 말아야 되며, 경제력으로 부성을 자랑하지 말아야 된다.

논담(論談)으로 이겨 보려고 애쓰지 말고 公義로 싸워서 살리는 힘과 능력으로 이기는 데로 나갈 줄을 아는 지혜를 발휘하여야 되고, 분단의 현실을 민족 화합의 기회로 삼아 민족정기를 다시 찾아 반드시 회복을 하여야 한다.

공산당이란 개인의 소유를 인정하지 않는 행위이다.(잠 1:10~19 참조) 지구촌에는 공산당을 표방한 공산당이 있는가 하면 공산당이란 간판을 내걸고 공산당의 행각을 자행하는 공산당이 아닌 공산당이 있으니 공공복리를 앞세워 놓고 개인 재산 중 토지를 강제 수용하는 공산당들이 이 땅에 있다. 최소한의 생활에 지장을 주지 않을 만큼의 토지소유권을 제한하고 소유 한도 안의 권익 분권 위탁경영을 인정을 하여야 된다.

조심성 없는 통일론과 조급한 통일론은 자기 시대에 권력을 지키고 장악하려는 발상일 뿐이다. 공산당의 자체 소멸과 그 병기를 버릴 지혜가 있는 자들만이 남북 합일점을 찾아 국민을 편안하게 할 수 있다.(습 3:8 참조)

한반도에서 미군 주둔

"은혜를 베풀며 꾸미는 자는 잘되나니
그 일을 公義로 하리로다."

(시 112:5)

주한 미군은 남북 합일과 멸공이 성취되고 인류가 지상에서 무기를
완전하게 버릴 때까지 주둔하고 공산주의가 완전히 소멸될 때까지 계
속 주둔을 하여야 한다. 남과 북의 정상은 정당과 군대와 무력을 완
전히 폐기 및 제거할 것을 합의하고 그 일치를 얻어 내야 하며 중앙집
권제나 연방제 또는 불가침조약을 전제로 하는 군축론은 같은 한 민
족을 부인하고 영구 분단과 민족의 분열을 확고히 하는 정치 침탈의
기미를 주는 실마리가 되기 때문에 결단코 안 되는 것이다.

국민의 생존권과 국가의 이익을 위해서 정치 집단에만 국가의 장래
를 맡길 수 없다면 내가 아버지의 주권을 선언하였으니 이는 "칼을 쳐
서 보습을 만들고 그 창을 쳐서 낫을 만들 것이라."(사 2:4) "힘으로
되지 아니하며 능으로 되지 아니하고 오직 나의 신(말씀)으로 되느니
라."(슥 4:6)

통일은 힘으로 하자는 것이고 합일은 지혜로 해결을 하자는 것이

다. 인간들이 병기를 만들어 놓고 사용하지 않는 지혜가 있겠는가? 병기를 만들게 하시는 것도 사용하게 하시는 것도 모두가 하나님께서 하시는 일이시다. "여호와께서 온갖 것을 그 쓰임에 적당하게 지으셨나니 악한 자도 악한 날에 적당하게 하셨느니라."(잠 16:4)

열국의 열왕들이 정당(편당)을 두고 병기로 싸우고 대결을 하는 것은 더 큰 빈궁과 더 많은 빈곤을 불러올 뿐임을 痛感하고 무익한 군사대결과 무력개발이 국가를 더 큰 궁핍으로 빠뜨리며 국민들의 생활을 빈곤으로 빠뜨리고 있으니 강병빈국으로 가지 못하도록 거짓말쟁이와 욕심쟁이들의 침공과 침탈을 막는 미국의 역할은 세계 도처에 있어야 한다. 미국의 위치는 강대한 군사력 보유로 지상에서 모든 병기와 공산당이 완전히 소멸될 때까지다. 그리고 마지막으로 미국이 무기를 완전히 버려야 한다.

열국들이 우상과 온갖 지배 세력과 병기와 탈취하는 법을 버리는 지혜와 용기를 발휘하여야 인류 전체가 살게 되고 번영과 평화를 마음껏 누릴 수 있게 된다. 만물을 새롭게 하시는 그날이 올 때까지 한반도에 미군은 계속 주둔을 하여야 된다.

일본

　양면성을 가지고 이중적 삶을 사는 일본이란 나라는 한반도의 합일
을 원하지 않고 남북의 대결을 부추기고 부채질을 하는 나라이다. 일
본은 남북이 합일을 하도록 크게 돕는 것이 일본의 생존과 안전보장
이 확립된다. 땅 위에 강국들이 병기를 자체 소멸시키고 병기를 보유하
고 있어야 할 필요성을 느끼지 않게 되어야 모두가 안전하고 평안하
게 잘살 수 있는 것이다.

　일본은 자국(自國)의 천황도 각각 다른 열국주의도, 공산당도 모두
버리고 새 역할을 분담하고 수행하여야 일본이 존립을 할 수 있다. 모
든 공산권의 공산당을 완전히 소멸시켜야 한다. 일본은 한국인을 더
이상 고통스럽게 하지 말아야 하고, 또 출입국의 자유 문호 개방과 기
업의 취업을 완전히 개방하여야 된다.

　일본은 멸공 역할을 수행하고 성취시키는 지혜로운 국민으로 다시
거듭나야 한다. 일본은 모든 탐욕을 버리고 자위대도 방위청도 모든

무기와 함께 없이 하고 러시아(기록 당시 소련)와 중국의 자유시장과 러시아 시장에 투자하는 입장에서 公義를 건설하는 역할을 담당하여 어떤 명목도 다툼도 없이 무상공여하여 자본시장과 자유시장을 개척하는 지혜를 발휘하여야 한다.

일본이 세계시장에서 금융 국가로 완전하게 확보를 하게 하여야 되는데 이는 열국주의의 공산 정당과 병기를 모두 버려서 자체 소멸하게 하는 데 있다. 각각 다른 어떤 열국주의도 모방을 하지 말아야 한다. 일본이 20세기 이후에 담당할 새 역할은 오직 멸공 수행이며 끝까지 부성하려고 몸부림을 친다면 길은 오직 한 길 망하는 길밖에 없다.(렘 51:13 참조)

오직 멸공하여 세계 평화에 기여를 하여야 살아남을 수 있다. 세계가 중국을 세계의 제일 강국으로 부상시켜야 하고 일본으로 하여금 점포를 개척하게 하여야 한다. 중국의 부가 미국과 같은 부를 마련할 모든 계획이 내게 있으나 말을 할 수 없는 것은 公義를 알지도 못하고, 깨닫지도 못하고 있기 때문이다. 이유가 없다. 강대국들이 먼저 병기를 모두 해제하고 公義로 싸워서 부국강민을 이룩하고 강병빈국을 막아 내는 지혜와 용기를 발휘하여야 한다. 빼앗기고 빼앗는 행사는 모두가 짐승들이 하는 행동이며 행사일 뿐이다.

公義를 배워 公義로 싸우며 버려야 할 것들을 신속하게 버리는 나라가 선진국이 되고 강국이 되어 땅을 정복하게 되는 것이다. "생육하고, 번성하여, 땅에 충만하라. 땅을 정복하라."(창 1:28) 병기로 싸우는 싸움으로는 땅을 피로 더럽힐 뿐 끝까지 땅을 정복할 수는 없는 것이다.

公義가 세계의 정기와 하나님 나라의 기초석이 되며 왕의 능력이 되어 만민의 빛과 정오의 빛이 되게 하시리니 20세기 이후의 인류는 公義로 싸워야 땅을 정복할 수 있고 전 인류가 다 함께 평화의 광장으로 인도되어 한 나라 한 민족 한 형제로 참 평화를 누릴 수 있게 되고 보전될 수 있음을 일본은 탐람(探覽)의 한정에 이르지 않도록 민족적 각성(覺醒)이 절실히 요청되는 나라이다.

무제한 개방된 시장국가 선언

"나로 말미암아 왕들이 치리하며 방백들이
公義를 세우며 재상(宰相)과 존귀한 자
곧 세상의 모든 재판관들이 다스리느니라." (잠 8:15~16)

세계의 식량문제는 국제개발을 공동으로 참여시켜서 해결을 하여야
된다. 인류가 이웃과 형제의 권익을 내 권익보다 먼저 하고 나는 끝까
지 나중에 누릴 줄 아는 것이 개인주의의 극치(자유)이다. 사는 것이 법
이고 살리는 것이 公義다. 자기의 권익은 보전할 줄 알면서 이웃과 형
제들의 권익을 보전할 줄 모르는 것이 죄요 악이다. 입으로는 살린다
말하면서 죽게 하는 것이 인간의 악이다.

천하를 주고도 바꿀 수 없는 존귀한 생명을 해악하는 모든 병기는
이제 이 땅 위에서 완전히 폐기시키고 강병이 부른 빈국에서 벗어나는
지혜를 발휘하여 평화로운 세계를 公義로 건설할 새 시대가 활짝 열
렸다.

전쟁은 公義가 되지 못하며 속이고 속는 불행의 연속일 뿐이다. 열국
의 모든 나라들이 한 나라와 같이 하나만 있으려면 시장국가 선언과
통화관리 정부로 판도를 개판되어야 한다. 기업의 자유와 공개는 취업

개방으로 성취된다.

　자기의 마음에 하나님의 말씀과 가르치심으로 마음과 말과 행사가 정돈하지 못한 자들은 탐심과 탐욕 속에서 고통을 당하게 되는 것이다. "멸공이 없이는 부국강민이 될 수 없다."고 나는 선언한다. 중국이 부국강민이 되어야 세계 평화가 있고 그리하여야 한국이 잘 살게 되는 것이니 이는 강대한 구매시장이 가깝게 있기 때문이다.

　교역은 자유로워야 한다. 세계가 이제는 통화유통세만 백분의 일을 국고에 납부하는 것으로 족할 수 있어야 되고 상대국에게 유익이 되지 못하는 교역은 어떠한 경우에도 있어서는 결코 안 되며 하여서도 안 된다.

　－세제는 통화유통세만 백분의 일을 국고에 납부하게 한다.

　－국무 행정을 편성하여 봉사 요원으로 직임을 수행하게 한다.

　－각국과의 교류를 자유롭게 만든다.

　－교육은 무제한 자유로워야 하고 사학교육 구별 말고 사람다운
　　사람이 되도록 선을 도모하도록 가르쳐야 한다.

　－시험 졸업 연한을 제한 없이 하여야 한다.

　－출입국의 자유 문호 개방과 기업의 취업 개방을 완전히 하여야
　　한다.

　－남북 통일은 합일로

　－수출입은 유통(流通)으로

　－관세는 통화세(通貨稅)로

　－행정부는 통화관리 정부로

−민주주의는 자민(子民)주의로

−공산주의는 수민(獸民)으로

−수민은 소멸이다

−열왕은 비왕으로(假面王)

−교육은 양육으로(眷顧, 眷戀)

−종교는 신교(信敎)로(神聖民)

모든 세제(稅制)는 단일화시켜야 한다. 일정한 한 가지의 세목으로 납부하게 하고 세리를 없이 하고 공직의 세무직을 없이 하여야 한다.(사 33:18~19 참조)

정부는 무제한 개방된 시장국가를 선언하고 유통의 자유와 유통통화세로 일원화시켜서 백분의 일의 수납, 조정, 처분, 공보를 발행하여 국민들의 사정(査定)을 반드시 받아 내야 한다.

세금공보, 미진공보, 처분공보를 발행하여 납세자의 개인 총계와 일치되어야 한다. 무제한 개방된 시장국가를 건설하여 완전 통계관리 정부를 운영하여야 한다.

유통의 자유로 국제유통 통화질서로 세제를 일원화시킨다. 정치 경제를 통합세계 정부로 하고 연방 정부도 말고, 중앙집권 정부로도 말고, 민주주의 정당도 공산주의 정당으로도 말고 일체의 다른 열국주의 정부도, 정당도 없이 오직 자민주의(子民主義)만 존재하도록 한다. 정당 없는 국가주의 통화관리 정부와 통계관리 국가를 건설하도록 이끄심을 깨달아 실현하여야 한다.

온 세계 천하를 한 나라(씨)로 한 혈통(행 17:24~29 참조) 한 민족

한 형제로 모든 주권을 아버지 하나님께 바칠 때가 되었음을 알린다.

시장 운영은 유통의 자유 생산자가 직접 수출하는 방식으로 인도하여 소비자가 이익이 되도록 하고 중간 상인 방지책을 반드시 실행하여야 한다. 시장 개방을 반대하면 세계시장 국가질서를 주도할 수 없다.

세계 경제

"여호와의 규례를 지키는 세상의 모든 겸손한 자들아
너희는 여호와를 찾으며
公義와 겸손을 구하라." (습 2:3)

이제 세계의 경제는 무제한 개방 유통하게 될 것이며 있는 곳에서 없는 곳으로 흘러 들어가게 될 것이며 상인들에 의해서 수출입으로 중간 수탈 없이 생산자들에 의해서 세계 어느 곳에서든지 제한 없이 개방되어 반입되고 세계가 판매 가격의 백분의 일의 세금만을 적용하여 세목을 통화유통세 하나로 통일시켜야 한다.

이에 다른 어떠한 경제논리도 백해무익한 것이 된다. 거래 과정에서는 백분의 일의 통화유통세만 적용을 하여야 되고 다른 어떤 세정법도 환산법도 적용하거나 사용을 하지 말아야 한다. 그래야 국민들이 편안하다.

어느 민족이나 국가도 차관은 원조가 되지 못하고 또한 원조가 아니다. 무상 공여는 세계 평화와 국제 개발에만 세계 각국이 투여하여야 하고 무익한 생활 낭비성 생산을 엄격하게 축소하고 완전하게 폐지하여야 한다.

정권은 국민을 평안하게 보전할 책임이 있으니 통계만을 관리하도록 한다. 상대국에 유익이 되지 않는 무익한 교역을 하지 않는 원칙이 반드시 뒤따라야 한다.

유엔과 유럽공동체

"너는 입을 열어 公義로 재판하며
간곤한 자와 궁핍한 자들 신원할지어다."

(잠 31:9)

유엔은 세계 평화 유지를 인간의 수단과 방법으로 정치, 사회, 문화 등 모든 영역에서 안전보장과 평화질서를 유지시키고 보호하자는 힘의 논리와 물질적인 힘과 권력으로 해결을 하자는 것이기 때문에 公義가 되지 못하는 것이다.

유럽 공동체 역시 정치적 경제적인 해결을 대서양이란 하나의 큰 테두리 속에서 복잡한 문제들을 국제 간에 해결을 보다 쉽게 하여 보자는 것이 목적이지만 이것도 역시 유엔기구의 수단과 방법이고 보면 원칙이 없는 방법과 수단이며 公義가 되지 못하기 때문에 무익한 것이다.

민주주의

민주주의는 쉬운 말로 국민을 주인으로 생각한다는 말이고 그 이상의 다른 말은 필요가 없다. 주종이 뒤바뀐 현실 속에서 민주주의는 이름뿐이다. 주종이 뒤바뀌어 종들이 주인을 압박하고 특권을 누리면서 민주주의를 한다고 말을 할 수 있는가? 개방된 민주주의의 권리는 모든 단체의 권력보다 우위한 것이다.

민주주의가 완성되려면 주장을 하지 않고 누리는 민주주의를 하고 민주주의가 완성되지 못한 나라에서는 민주주의가 곧 주장이 되는 것이다. 남의 자유를 내 자유보다 앞세우는 자유가 참 자유를 누리는 것이요, 개방 민주주의는 물권의 유통이 무제한으로 개방되어서 국법으로 제한을 받지 않아야 한다.

정치인들이 표면상으로는 민주주의를 한다고 말을 하면서 자기들의 위로만 크게 하고 우선하려는 당리당략에 눈들이 멀었으며 자기 영화를 구하는 것은 크게 잘못된 것이다. 참된 민주주의는 사랑이며 정직한 것이니 公義로 완성될 때에만 그 참된 빛을 볼 수 있게 되는 것이다.

인간 세상에는 쥐가 고양이를 잡아먹어 치우는 격의 세상이고 公義로우신 하나님의 낙원인 자민주의는 사람을 모두 살리고 평안하게 하는 公義로운 세상이다. "이제 이 세상의 심판이 이르렀으니 이 세상 임금이 쫓겨나리라."(요 12:31)

짐승들이 백성을 억압하고 잡아먹는 세상은 역사의 뒤안길로 사라지게 하심을 열국의 지도자들은 알고 있는가? 이웃과 형제들을 살리는 것이 자기를 아끼고 살리는 일이며 이웃과 형제들에게 불이익(不利益)을 끼치고 괴롭게 하며 죽게 하는 일이 곧 자기를 죽게 만드는 일임을 알린다.

이웃을 나보다 더 잘살게 하고 형제들이 나보다 더 부강하고 더 편안하게 살도록 하는 것이 참 민주주의요 "탐욕을 버리고 악을 떠난 사람들의 개인주의의 극치(자유)가 민주주의로 가는 초보이며 자민주의의 시작이다."

자민주의의 완성은 公義를 배우고 公義를 건설하는데 있다. 들을 귀가 있는 자들은 듣고 깨닫고 자유하라!

정치

정치의 정도가 바른 말과 선한 말로 모두를 평안하게 인도하고 살리
는 것이지 돈 주머니나 돈 줄을 가지고 하는 힘의 행세가 아닌 것이다.

公義를 배우고 행하여 세상에 公義를 건설함으로 정권을 지켜라. 바
른 말과 선한 말로 정직하게 인도하고, 평안하게 인도하라. 이렇게 하
는 정치가 살리는 정치이며 국민의 생활을 윤택하게 하고 평안하게 하
는 바른 정치이다. 이제부터는 국회의원 모두가 직임기간에 세비를 없
이하고 자기의 소유로 충당할 수 있게 기탁금제를 실시하되 낙선자에
게는 환원시켜야 한다.

못 입고 못 먹고 거처할 곳이 없다고 하여 지혜롭지 못한 것은 아니
다. 장차 올 하나님의 나라는 예산 체제 국가가 아닌 감사하는 체제
로 하나님의 자민들을 다스린 다윗의 지혜로운 정권임을 알린다.

그 아들 솔로몬은 예산 체제 국가로 국민들에게서 각종 세목으로
인두세(주민세)까지 받아 탈취하는 현재의 인간의 정부를 미리 하나님

께서 보여 주신 뜻을 아는가 모르는가? 666은 솔로몬의 세입금의 중수(重數)로 사람의 수 곧 짐승의 수이니 솔로몬의 수가 아닌가?(왕상 10:14, 대하 9:13)

열국의 열왕들이 현재의 판도를 한 번에 뒤집고 버릴 것을 원하지 않고 열국의 열왕들이 하나님께 고통을 받아서 참고 견딜 수 없게 될 때에는 자신들의 복을 위하여 우상과 모든 병기를 내던져 버려야 할 때가 반드시 온다. 들을 귀 있는 자들은 들으라.

주권(지혜)은 인간에게 있는 것이 아니거든 하물며 짐승들에게 주권(지혜)이 있겠는가? 주인이 선택한 공복(公僕)들과 하복들이 판을 치는 나라는 주인 앞에 하인들은 쫓겨나야 된다. 주인 위에 주인이 될 줄 아는 하인과 상전 위에서 상전이 될 줄 아는 종들이 모두 다 함께 같이 물러나야 된다는 것이 정치의 바른 길(法)이요 정치의 선한 길(法)이다.

자신과 이웃의 이익과 생존을 위하여 속이고 침탈하는 법으로 정치를 하지 말고 바른 말과 선할 말로 국민 전체의 이익을 위하고 모두를 평안히 살도록 인도하여야 한다.

정당과 의사

"인자들아 너희가 당연히 公義를 말하겠거늘
어찌 잠잠하느뇨."

(시 58:1)

정당은 각각 다른 생각을 같이하는 사람들끼리 집권으로 싸우기 위해서 만든 것이기 때문에 무익한 것이며 다당제를 신속하게 버리고 양당제를 실시하되 남녀 동수로 남자는 대성민당(大聖民黨)으로 여자는 정우당(訂又黨)으로 원 의회를 구성하여 양당제를 실시하되 우선 세제는 통화유통세로 단일화하여 국민들의 세 부담을 줄이고 정치인들과 정당인들에 의하여 세목을 발굴하지 못하게 하여야 한다. 산적한 문제들 예를 들면

　−남북 합일 문제

　−멸공 문제

　−세금 문제

　−소유 한도 문제

　−식량 문제

　−환경 문제

—교육의 자유 개방 문제

—임금 문제

—주택 문제

—공유한도 문제

—수출입 무제한 개방 문제

—외국인 근로 문제

—기업의 토지 소유 문제

—군대 해산 후 병력 문제

—도시민의 생활안정 문제

—농업경제와 활로개척 문제

—취업의 개방과 확립 문제

—법의 평등한 施用과 사법권의 민사형사 소추(訴追) 공영제 확립까지 산적된 문제를 해결은 하지 않고 당리당략에만 목숨을 걸고 싸움만 하고 있는 한심한 우리 정치 현실이니 정당 정치는 이제 그만 그 막을 과감하게 내리고 양당제를 실시하여 늦기는 했지만 국민들을 편안하게 인도하는 지혜를 발굴하여야 할 때가 지나가고 있다.

백성들을 가난하게 만들어 놓고 끌고 따라오게 하는 것은 국민들을 더 쉽게 끌고 가려는 흑심으로 어두웠던 시대의 잘못된 판단을 한 때도 있었음을 상기해 본다. 더 많은 국민들을 끝까지 가난하게 만드는 정부의 정책은 즉시 중단을 시켜야 한다.

하나님을 떠나서 잃어버린 상태에서 항변하고 거역하는 패역은 반드시 치료를 받아야 한다. 그렇지 못하면 멸망한다. 인류가 이제 하나님의 公義로 돌아와야 살 수 있다. 公義가 되지 못하고 公義를 행할 수 없으면 훼멸이며 죄악의 종말을 맞게 된다.

선거와 투표

"주의 公義로 나를 판단하사
저희로 나를 인하여 기뻐하지 못하게 하소서."

(시 35:24)

선거는 철저하게 무운동(無運動), 무조직(無組織), 무전(無錢)으로 선거를 치루어야 한다. 그러기 위해서는 남녀 동수의 양당제로 국회 의회를 구성할 것을 주장한다. 국고는 국민들의 세 부담으로 개인의 정치자금으로 지원을 하거나 또한 인출을 하는 것은 불법으로 간주한다.

총선도 국민투표로 하고 국고는 일체 사용할 수 없어야 한다. 대통령도 국회의원도 모두 자기 소유와 산업으로 직임기간 동안 세비 없이 할 것이며 기탁금제를 채택하여 세비로 사용하게 한다.

투표는 통신으로 통보하고 투표 관리는 선거공보, 개인 관리는 즉석 개표 및 중앙 개표를 하되 중앙선거관리위원회에서 개표 관리를 한다.

자기의 국민들에게서 값을 지불하고 주권을 살 줄 아는 사람은 국민을 잡아먹는 짐승들이고 자기 국민들에게 돈을 주면서 그 종이 되려고 하는 사람은 국민을 물건처럼 팔아먹는 상인들이니 이는 어두웠던 한 시대에 짐승들의 추태였음을 말해 둔다.

미소 정치의 속셈

"사람아…… 내게 구하는 것이 오직 公義를 행하며
겸손히 인자를 사랑하며
겸손히 네 하나님과 함께 행하는 것이 아니냐." (미 6:9)

보통 사람을 내걸어 놓고 자기의 편당이 보통 사람들임을 표방하고 특수계급과 특권계급을 어떠한 형태로든 나타내지 않는 방향으로 특수계급을 옹호하고 집권 정당의 정치 특권층을 옹호를 하면서 뒤로는 보통 사람을 내걸어 세워 놓고 보통 사람이 되어 보통 사람을 좋아하는 것처럼 가장하는 미소 정치의 속셈은 뒷구멍으로 긴장과 내전을 선포하고 범죄와의 전쟁을 선포한 것은 속임수이었음을 알린다.

국법으로 얼마든지 막을 수 있음에도 불구하고 특권정치를 추진을 해서라도 그렇게 하지 않으면 안 되는 한 시대의 역할 담당을 해낸 것으로 긍정적인 평가를 해 본다.

부동산 투기의 발암 원인

"너희 하나님께 돌아와서 인애와
公義를 지키며 항상 너희 하나님을 바라볼지니라."

(호 12:6)

한때는 부동산 투기가 건설부의 직제 독립에서 그 원인을 찾아야 했었다. 건설부는 내무부 안에 건설국으로 축소시켜 그 기능을 대폭 줄이고 산하 공사체를 모두 없이 하여야 한다.

법은 없어도 안 되고 어려운 것이 너무 많으니 법을 간결하게 만들어 국민 모두가 지키면서 살 수 있도록 하여야 한다. 그리고 국민들이 원치 않는 악법은 시행되지 않아야 된다.

한때는 건설부가 불로소득과 부동산 투기의 병적인 발암 요인이 되었고 정치자금 줄의 온상이 된 일도 있었음을 누가 말을 하고 알 수가 있었겠는가? 개발 후보지나 예정지는 발표를 하지 말아야 된다.

국민의 것을 빼앗는 일과 기업이나 산업을 구박해서는 더욱 안 된다. 한 나라에는 정부란 머리 하나면 되는 것이고 건설부가 머리가 되게 한 현 정부는 잘못된 것이다.

종말

지으신 세계를 하나님께서 멸하시려고 지으신 것이 아니요, 내시고 기르시고 살리시고, 아끼시고, 보전하시려고 지으셨음을 망각하지 말라.

하나님께서 말씀하시는 종말은 인류(씨)의 종말이 아니고 죄악의 종말을 말씀하시는 것이며 세상 인간 씨(생명)의 종말이 결코 아니고, 죄악만을 없이 할 것이며 우상과 병기와 탈취를 일삼는 불의와 불법의 온상인 죄악의 종말이니 인류가 끝까지 불의를 일삼고 불법과 죄악을 버리지 못하고 公義에 도달하지 못하고 公義가 되지 않고 못 되면 결국은 "넘치는 公義로 훼멸이 작정"(사 10:22)되었기 때문에 인류의 종말이 된다는 것을 결코 잊어서는 안 된다.(눅 9:25, 막 14:9 참조)

열국주의의 정당(편당)과 병기와 빼앗는 법과 교훈할 수 없는 우상과 열왕은 불법이며 죄악이다. 公義가 될 때까지 허사가 되게 하심을 잊지 말라! "이미 작정되었은즉 주 만군의 여호와께서 온 세계 중에 끝까지 행하시리라."(사 10:23)

새 하늘과 새 땅

새 하늘과 새 땅을 전하고 公義를 만방에 베푸는 일과 온 세계 천하를 진동시키는 일을 나로 알리고 니타내시려는 것이 하나님의 뜻이다.

새 하늘과 새 땅은 하나님의 창조가 영원까지 계속되는 것으로 인자에게 상속되는 것이다. 公義를 장차 날 백성에게 전하는 일은 하나님의 하시는 일을 세상에 알려서 일러 주고 깨닫게 하는 것이니 온 세계 천하를 진동시키는 일은 하나님께서 사람의 마음에 두려움을 주고, 생각에 놀램과 떨리는 마음을 갖게 하고 무서운 생각을 주심으로 하나님께로 돌이켜 하나님 앞으로 나오도록 하는 일이여서 이 모든 일이 나로 하게 하시는 하나님께서 내 안에 계심으로 그 일을 이제까지 하시는 것이니 이것은 정하신 사람으로 작정된 때에 그 일을 하시는 것이다.(행 17:30~31 참조)

새 하늘과 새 땅은 하나님께서 지으실 영원한 창조를 전하는 것이요 생명의 신으로 모든 육체를 다시 일으켜서 살리시는 것이다.

새 하늘과 새 땅을 전하도록 나를 보내셨다. "그러나 그날과 그때는 아무도 모르나니 하늘의 천사도 아들도 모르고 오직 아버지만 아시느니라."(마 24:36) 말씀하셨으니 이를 누가 알겠는가? 새 하늘과 새 땅은 하나님께서 영광의 영으로 다시 일으켜 부활시키신 의가 거하는 公義로운 세계이다.

사람을 아끼고, 살리는 곳, 자랑, 원망, 속임, 탐심, 강포, 빼앗는 법이 없고 모아 쌓는 법이 없고, 죄악과 사망이 없는 곳이니 우상과 병기가 없고 편당과 지배 세력이 없는 낙원으로 범죄하지 않고, 회개할 것 없는 자들이 머무는 곳으로 제일 좋은 것들만 남겨진 곳이다. 우리 하나님은 자민들을 교훈하시는 만왕의 왕(선생)이시며, 남기심을 받은 상속자들은 하나님의 자민이 되어 상속받을 자로 씨(나라)가 되어 땅을 상속받는 것이다.

"시온에 대하여 말하기를 이 사람 저 사람이 거기서 났나니 지존 자가 친히 시온을 세우시리라 하리로다. 여호와께서 민족들을 등록하실 때에 그 수를 세시며 이 사람이 거기서 났다 하시리로다. 노래하는 자와 춤추는 자는 말하기를 나의 모든 근원이 네게 있다 하리로다."(시 87:5~7)

새 생명, 새 싹, 새 영으로 다시 나는 곳 형제들 중에서 높임을 받는 자가 없고 병기와 우상과 탈취가 없는 곳이다. 보내심을 받은 전도자로 하시는 우리 하나님의 행사이시니 公義를 만방에 베풀게 하시고 온 세계 천하를 영혼의 세계 한 나라로 개판하시고 본래와 같이 진동시키신다.(히 12:26~29, 학 2:6~9, 사 13:13 참조)

이는 말씀으로 치료하시는 하나님의 행사이시다. 땅 위에 公義를 선포하시고 평화를 선포하여 통치하시는 영혼의 세계의 판도가 하나님의 나라로 모두가 형제요 그 이상의 지배 세력이 없는 나라(씨)이다.

의의 빛과 생명의 빛과 영광의 빛을 영원히 창조하시는 하나님께서는 다시 살리시는 일을 마지막 교훈 公義로 하신다. 형제와 이웃을 돌아보며 해악하지 않는 새 시대의 새 백성들은 새 하늘과 새 땅의 주인공으로 하나님의 말씀으로 교훈을 받아 고치심을 받을 것이라.

"자민에 의한 자민을 위한 자민들의 정권은 하나님의 주권(지혜)에서 나오는 것이다." 이는 "큰 자가 어린 자를 섬기는 것"이며 이웃을 나보다 더 잘 살게 하는 것이다.

나는 이웃과 같이 잘 살고 형제와 같이 평안히 살고 내가 이웃보다 위로를 더 크게 하거나 형제들보다 위로를 많게도 크게도 할 수 없다면 그 나라(씨)가 영원하고 기록된 말씀대로 "하늘의 하나님이 한 나라를 세우시리니 이것은 영원히 망하지도 아니할 것이요 그 국권이 다른 백성에게로 돌아가지도 아니할 것이요 도리어 이 모든 나라를 쳐서 멸하고 영원히 설 것이라."(단 2:44, 합일된 국가) 말씀하셨으니 강대한 나라로 나가서 싸우고 막아야 할 일도 없고 침노하는 일도 없는 것이다. 집권자들로 위협받지 않게 하시는 것이 하나님의 나라이다.

세상의 모든 조직들은 통제와 통치 조직의 수단이기 때문에 정당과 단체가 하나 생기면 지배자는 만인이 늘어나야 운영이 되는 결과가 되고 모든 공조직 안에는 자연인이 아닌 상전과 우상들을 늘리는 결과가 되는 것이고 결국은 주종이 뒤바뀌어 주인이 종이 되고 종들이 상전이 되어 뒤틀린 세상이 되어 하나님의 진노를 부르게 되는 것이다. 이웃과 형제들에게 높임을 받는 모든 사람들이 하나님께 미움을 받는 지배 세력이 되고 결국에는 우상으로 둔갑하는 것이다.

새 하늘과 새 땅은 하나님의 영광의 영으로 다시 일으켜서 의인도 악인도 모두 부활로 나오게 하시고 公義가 된 것만을 보존하여 두시는 곳이다. 의인들은 생명의 부활로 나오게 하시고 악인들은 위로를 받을 수 없는 심판의 부활로 나오게 하시는 것이 우리 하나님의 사랑이시며 公義이시다. 의가 거하는 새 하늘과 새 땅에는 오직 살리는 법 公義가 있을 뿐이다.

새 하늘과 새 땅은 하나님의 창조가 영원까지 계속되는 것으로 인자에게 상속하신 것이다. 하나님의 나라는 하나님을 사랑하므로 죄와 상관없고 악과 관계할 것 없이 하나님의 사랑을 받아 새 백성(子民)으로 보전(保全)되는 나라(씨)이다. 자민들을 위하여 公義를 장차 날 백성에게 전하는 것이며 이제는 모든 편당은 무익하게 되고 오직 公義만 쫓는 신교(信敎)만 존재하게 된다.

새 하늘과 새 땅을 전하는 것은 하나님의 말씀과 존귀하신 이름만을 온 세계 천하 만국에 알려서 나타내시고 그 하시는 행사를 밝히 나타내서서 이 어두워 가는 시대에 날을 정하시고 전도자를 보내사 公義를 만방에 베풀게 하셨다.

"알지 못하던 시대에는 하나님이 허물치 아니하셨거니와 이제는 어디든지 사람을 다 명하사 회개하라 하셨으니 이는 정하신 사람으로 하여금 천하를 公義로 심판할 날을 작정하시고 이에 저를 죽은 자 가

운데서 다시 살리신 것으로 모든 사람에게 믿을 만한 증거를 주셨음이니라." (행 17:30~31)

정하신 날 정한 사람으로 마지막 교훈(심판)을 베풀게 하셨으니 이는 "세상 죄와 상관 없이" (히 9:28) 아버지께서만 아시는 한 날을 작정하시고 전도자를 보내사 하나님의 크신 이름과 그 영광과 그 하시는 일을 公義로 나타내게 하셨으니 이는 전도자로 하게 하시는 아버지의 일이시며 아버지께서만 아시는 행사이시다. 이 어두워 가는 시대에 하나님의 公義만이 생명을 살리고 사는 길이며 살고 살리는 유일한 생명의 좁은 문이며 좁은 길임을 알리셨다.(눅 13:24 참조)

보라 "이스라엘(植民)이어 네 백성이 바다의 모래 같을지라도 남은 자만 돌아오리니 넘치는 公義로 훼멸이 작정되었음이라. 이미 작정되었은즉 주 만군의 여호와께서 온 세계 중에 끝까지 행하시리라." (사 10:22~23)는 말씀에 귀를 기울여 현실로 겸허하게 받아들이고 치료를 받는 자들이 남은 자들이며 자민(사 66:7~9)들이다.

새 하늘과 새 땅에는 편당도 열국주의도 없고 형제들의 피를 마시고도 족할 줄을 모르는 병기와 대립과 반목을 쉬지 않는 정당도 편당도 없으며 빼앗는 법도 없고 지배 세력은 물론 우상들이 없는 오직 자연인으로 천하만국을 주도하시고 하나님의 생명(빛)들 곧 남은 자민들이 하나님께서 기뻐하시는 公義가 시행되는 곳에 머물게 하시는 곳이다.

새 백성을 창조하시는 일을 계속하신다. 이 땅 위에 원하시고 기뻐하시는 뜻대로 公義를 건설하시고 불의와 불법이 주도할 수 없도록 하나님의 公義의 밝은 빛으로 세계를 주도하시는 의의 거하는 바 새 하늘과 새 땅을 약속하셨다.

이는 하나님께서 선지자들로 말하게 하셨고 기록하게 하셨다. 이 어두운 시대에 지식인들이 이 비밀을 알지도 깨닫지도 보지도 듣지도 못함은 기록된 말씀대로 이루어지게 하신 것이다.

빛의 자녀 약속의 자녀들은 율법의 큰 산을 넘어서 하나님께서 지으실 부활의 현장을 미리 보고 누리는 자들이다. 아브라함과 같이 인간들의 제도와 의문을 넘어 의가 거하는 약속의 땅을 상속받는 자로 열매 맺는 백성들이다.

하나님의 말씀이 모든 육체를 다시 일으켜 생명(빛)으로 새 하늘과 새 땅을 바라보고 생명의 환희를 누리게 하시는 것은 하나님의 극진하신 사랑과 公義로 패역을 치료하시고 완성시키신 세계이다.

말씀으로 영혼을 치료하시는 때에 "세계의 거민들이 비로소 公義를 배우게 되고 악인은 은총을 입으면서도 公義를 배우지 않고 정직한 땅에서 불의를 행하고 하나님의 위엄을 돌아보지 아니하는도다."(사 26:9~10)

오늘도 정직한 지구는 어둠이 싫어서 쉬임 없이 해를 향하여 돌아가고 있다. 우리 빛의 자민들도 公義를 사모하고 公義가 하수같이 흐르도록 하여야 하겠다. 좋은 것과 좋지 못한 것이 구별되어 하나는 복락으로 하나는 고통으로 들어가게 하심으로 갚으시는 것이 하나님의 公義이시며 사랑이시다.

전도자로 하여금 公義를 선포하고 설명하게 하시고 부활을 전하고 하나님께서 통치하시는 만대의 왕권을 선포하게 하신 것을 누가 알겠는가? 마지막 교훈을 베풀도록 보내심을 받은 전도자의 말을 믿고 그의 말을 듣는 것이 하나님의 일임을 믿으라! 땅 위에서 영원한 창조를 계속하시는 하나님께서 지금까지 일하시니 전도자가 부활을 전하며 죽지 않음을 전한다.

전도자는 지금 우리 하나님의 명에 의하여 규례와 법도가 公義로우신 하나님의 통합세계국가를 선언하고 생명의 아버지 말씀에 의하여 公義와 새 하늘과 새 땅을 전하며 평화를 공포한다. 세상은 公義를 베푸는 나를 알지 못하고 미워하고 배척을 하였으나 "나는 죽어도 너희는 모두 살아야 한다." 착하고 좋은 옥토가 된 우리들의 마음밭에 교훈을 겸허하게 받아들이고 하나님께서 기뻐하시는 뜻대로 열매를 맺으며 영혼의 패역을 치료받은 자민들이 되라. "악인이 패역을 고치고 公義를 행하면 생명의 부활로 나오게 하시고 악을 행하며 패역을 치료받지 않으면 심판의 부활로 나오게 하시는 것이다." 이는 내게 주신 아버지의 말씀이시다.

우리 하나님은 복을 주시는 아버지이시다. 착하고 좋은 마음을 가지신 여러분들은 들으시오. 전도자가 지금 새 하늘과 새 땅을 전합니다. 모든 사람을 다시 살리시는 것을 나로 전하도록 이 어두워 가는 시대에 하나님께서 나를 보내신 것이다.

육체로 보내신 것을 누가 믿지 않으면 그 믿지 않는 것이 하나님께서 하시는 일을 막을 수 있겠는가? 결단코 그럴 수는 없느니라. 사람을 다시 살리시는 일을 公義 곧 사랑이라 하고 진리라고 한다. 사람들은 비록 하나님을 잃어버릴지라도 인류를 끝까지 사랑하시는 영혼의 아버지 하나님의 사랑은 끝까지 변하시지 않으신다. "여인이 어찌 그 젖 먹는 자식을 잊겠으며 자기 태에서 난 아들을 긍휼히 여기지 않겠느냐? 그들은 혹시 잊을지라도 나는 너희를 잊지 않을 것이라."(사 49:15)

하나님의 나라(씨)는 생명(빛)이다. 영혼의 세계를 한 혈통 한 형제 한 민족 한 나라로 온 세계 천하를 개판하신다. 인자의 빛은 생명이니 그 나라요 사람들의 빛이니 곧 생명(빛)이다. 빛은 하나님의 영광이요 어두움은 땅에 혈육의 거처로 세우신 장막 집이니 우리 육체이다.

하나님의 형상은 말씀의 능력 곧 진리의 법이니 정직하신 빛이요 모양은 영원한 사랑이시니 곧 公義다. 우리의 육체는 하나님께 받은 생명이 거처하는 집으로서 좋은 열매 맺는 푸른 감람나무이다. 열매 맺도록 보내신 사람을 믿으라. 그리하면 살리라. 세상 나라가 죄를 다스리는 것이면 하나님의 나라는 그리스도로 복을 다스리시는 영원무궁한 나라이니 주의 통치는 대대에 이르신다. 인류의 생명이 끊어진 것을 예수로 이어 주셨고 예수는 생명을 받쳐 죽을 자들을 모두 살리셨고 인종개량 작업을 하셨다.

의인들은 公義를 일삼고 복을 다스리며 악인들과 죄인들은 불의를 일삼고 죄를 다스리며 고통으로 들어가고 저주를 받게 된다. 우리 하나님께서는 능치 못한 일이 없으시니 모든 일을 행하시고 성취시키신다. 하나님의 사랑과 公義가 영혼의 거처인 육체를 생영으로 다시 일으켜서 새 하늘과 새 땅을 보게 하시고 새로운 생명을 노래하게 하시는 것이다.

公義는 하나님의 마지막 교훈이며 인류에게 주어진 가장 큰 과제는 公義를 배우고 公義를 이 아름다운 땅 위에 건설하여 세계 평화를 이룩하는 일이다.

"우리는 그의 약속대로 의의 거하는 바 새 하늘과 새 땅을 바라보도다. 그러므로 사랑하는 자들아 너희가 이것을 바라보나니 주 앞에서 점도 없고 흠도 없이 평강 가운데 나타나기를 힘쓰라."(벧후 3:13~14)

"나 여호와가 말하노라. 나의 지을 새 하늘과 새 땅이 내 앞에 항상 있을 것 같이 너희 자손과 너희 이름이 항상 있으리라."(사 66:22)

"보라! 내가 새 하늘과 새 땅을 창조하나니 이전 것은 기억되거나 마음에 생각나지 아니할 것이라. 너희는 나의 창조하는 것을 인하여 영원히 기뻐하며 즐거워할지니라."(사 65:17~25)

국제의인생존자위로연맹

위로를 적게 받도록 배우는 세계기구로 형제를 미워하지 않고, 탐욕을 부리지 않으며 자기의 주의와 주장을 하지 않고 화목(거룩)하며 자기 자신의 이익과 권익을 앞세우지 않고 이웃과 타인의 이익과 권익을 우선하며 생활하는 생명의 신들이며 의인들이다. 탐욕을 떠나서 公義를 배우고 公義를 일삼는 자민들로 죄악과 상관이 없는 사람들을 찾는 세계적인 운동이다. 가난한 자를 신원하며 하나님의 公義를 배우고 따르며 편당에 속하지 않고 어떠한 열국주의도 본을 받지 않고 자기의 위로보다는 형제를 먼저 위로하고 죄악과 상관할 것이 없으며 악과 관계할 것이 없는 자민들의 모임이다.

빛은 사람들의 생명이니 곧 나라이며 씨다. 公義를 좋아하시는 하나님의 사랑으로 온전케 된 자민들이다. 내게(天授) 주신 아버지의 이름으로 국제의인생존자위로연맹을 갖는다.

열국의 모든 지도자들이여 모든 탐욕을 버리고 병기를 우상과 함께 내던져 버리고 천하를 주고도 바꿀 수 없는 생영들을 "살리라! 아끼라! 돌아보라! 보전하라!" 하나님의 자민들은 형제와 이웃을 내 몸과 같이 사랑하며 자랑하지 않는다. 원망하지 않는다. 속이지 않는다. 강포하지 않는다. 탈취하지 않는다. 탐심과 탐욕을 부리지 않는다. 어떠한 경우에도 어둠과 타협하지 않는다.

  —사람들이 하나님이 싫어지고 잃어버렸을 때에 자랑을 하게 된다.

  —멸시했을 때 하나님을 원망하게 되고 원망하는 순간이 하나님을 미워한다.

  —속임은 하나님을 격멸했을 때 하고 속이는 순간이 하나님을 속였고 자기를 속인 것이다.

  —강포는 하나님을 대적했을 때 하는 것이고, 강포하는 순산에 하나님을 항거했고

  —탐욕은 하나님이 생존해 계시지 않는다 할 때 생기고, 탐욕의 순간은 하나님을 부인한다.

  —탈취는 하나님을 부인했을 때 누리고저 하는 악행이다.

  믿음이 없이 사람 중에 높임을 받는 순간이 하나님을 구적(仇敵)으로 삼는 것이다. 각자가 자기 마음에 주님께서 동행하시기에 불편함이 없다면 경제적 부담도 조직도 없이 내가 서 있는 삶의 현장 속에서 연맹에 가입되어 하나님의 公義를 배우며 건설하며 빛을 발하면 하나님의 통치 아래 있는 하나님의 백성 자민들이 되는 것이다.

  사람이 자기 나라보다 이웃 나라를 더 잘 살게 하고, 자기보다 이웃을 더 잘 살게 하면 그 앞에 광명이 있을 것이라. 사람이 형제를 더 평

안하게 살게 하고 이웃 나라를 평안히 잘 살게 하면 하나님께서 자기 나라도 평안하게 살리실 것이라.

"오직 너희는 택하신 족속이요 왕 같은 제사장들이요 거룩한 나라 요 그 소유된 백성이니 이는 너희를 어두운 데서 불러 내어 그의 기이한 빛에 들어가게 하신 자의 아름다운 덕을 선전하게 하려 하심이라. 너 희가 전에는 백성이 아니더니 이제는 하나님의 백성이요 전에는 긍휼을 얻지 못하였더니 이제는 긍휼을 얻은 자니라."(벧전 2:9~10)

"그런즉 누구든지 그리스도 안에 있으면 새로운 피조물이라. 이전 것은 지나갔으니 보라! 새것이 되었도다."(고후 5:17)

기록 모음

애독하던 성서와 쪽지

선지자들의 메시지

바다에 물이 없을 수 없는 것처럼 세상에는 여호와의 교훈(심판)이 없을 수
없다. 바다에 물이 없으면 어족들이 살 수 없는 것과 같이 이 세상에는 하
나님의 교훈이 없으면 민족들이 어찌 살겠느냐?

· 사람의 생명을 선악 간에 모두 살리는 것이 하나님의 公義다. 公義
로 지도하는 것은 선악을 분간하여 선을 택하게 하고 악을 버리게
하는 것이며 이를 행하여 열매 맺는 것이 公義를 행하는 것이다.

· 영혼의 아버지 하나님 앞에서 영혼의 세계를 한 민족과 같이 한 나
라로 온 세계 천하를 개판하신다.

· "사람들은 비록 아버지 하나님을 잃어버릴지라도 인류를 사랑하
시는 하나님의 마음은 변하지 않으신다."(사 49:15)

· 우리 영혼의 하나님은 복을 주시는 모든 영혼들의 아버지이시다.
착하고 좋은 마음을 가지신 여러분은 들으시오. 새 하늘과 새 땅
을 지금 내가 전합니다. 육체로 보내심을 누가 믿지 않으면 그 믿
지 않는 것이 하나님께서 하시는 일을 막을 수 있겠는가? 그럴 수
는 없느니라. 사람을 다시 살리시는 일이 하나님의 사랑 곧 公義이
니 이를 진리라고 한다.

· 인류가 하여야 할 일은 이 아름다운 땅 위에 公義를 건설하고 평

화를 누리는 일이다. "너도 오늘날 평화에 관한 일을 알았더면 좋을 뻔하였거니와 지금 네 눈에 숨기웠도다."(눅 19:42)

· 생명의 아버지 하나님의 명에 의하여 규례와 법도가 公義로우신 하나님의 통합세계국가를 선언하고 이에 평화를 공포한다.

인자의 빛은 정오의 빛보다 더 밝은 하늘에 하나님의 영광인 생명이요 어둠은 땅 위에 혈육의 거처로 세우신 장막 집이라.

· 빛은 생명(나라, 씨)이다. 생명들로 백성을 삼으신다. 하나님께서는 여자로 기뻐하시는 생명의 영원한 영광을 세세토록 창조하시며 행하시고 성취시키신다.

· 열매 맺도록 보내심을 받은 사람을 믿으라 그리하면 산다. 너는 나를 무엇이라 하느냐? 귀한 열매 맺는 아름다운 풀이라.

· 지으심을 받은 자는 지으신 자와 동등할 수 없다.

· 유혹과 미혹은 선을 가장한 악의 속삭임이다.

· 하나님의 뜻대로 살고자 하는 사람은 하나님의 뜻대로 행하는 사람이다.

· 세상 나라가 죄를 다스리는 것이면 하나님의 나라는 그리스도로 복을 다스리는 나라이다.

의인들은 복을 다스리고 公義를 일삼고 복을 받으며 악인들은 죄를 다스리고 불의를 일삼고 저주를 받는다.

· 내가 하나님의 사랑하시는 의인들을 다스릴지언정 아버지 하나님 께서 기뻐하시지 않는 악인을 다스리겠는가?

· 땅 위에 있는 모든 생영들이 한 나라(씨, 생명, 빛)이며 한 형제들이다.

· 천하의 구음이 하나이니 한국의 어음을 세계 통용 어음으로 선포하고 한국의 통용문자를 세계의 통용문자로 公布한다.

· 泉意如人 衆星不侵 樂天告地 願生慾死(천의여인 중성불침 낙천고지 원생복사)

· 타인의 권익을 먼저 구하는 자유를 찾으라.

· 탐욕을 버리고 악을 떠난 사람들의 개인주의의 극치(자유)가 민주 주의로 가는 초보이며 자민주의의 시작이다.

하나님께서는 천하 만민(생영)들로 영원한 자기 나라(씨)를 삼으시고 자녀들로 그 기뻐하시는 생명의 영원한 영광을 세세토록 창조하시며 만사를 성취시키신다.

· 내게 이르신 바를 너희에게 명하노니 하나님의 명령을 지키라.

· 천하 만민들이 하나님께 복을 받는 강대한 나라가 되며 반드시 크고 강한 나라를 이루고 천하 만국이 그를 인하여 복을 받게 된다.

· 하나님의 公義는 선악을 구별하는 일이며 公義로 정직하게 행하신다.

· 내 눈으로 보게 하시고 귀로 듣게 하시고 마음으로 깨닫게 하옵소서!

· 롯의 아내는 부를 돌아봄으로 소금기둥이 되었다.

· 아브라함의 부는 소돔 왕에게서 받은 부가 아니고 하나님께 받은 부강이다.

천하의 만민들은 나를 보내사 세상에 公義를 베풀게 하시고 설명하게 하신 아버지 하나님의 명을 받으라!

· 우리 하나님 앞에서는 큰 자가 약한 자이며 약한 자가 큰 자가 되나니 어린 자와 약한 자를 섬기라. 비록 적은 의가 하나님 앞에서는 큰 것이다. 야곱이 비록 허름한 팥죽 한 그릇으로 그 큰 복을 받은 것을 배우라! 주권을 판 자는 하나님의 일을 더디게 하는 자로 이는 스스로가 스스로에게 종이 된 자이다.

· 하나님 앞에서는 비록 장자가 아닐지라도 장자의 의복(행위)을 입고 하나님 앞에서 장자의 명분을 사고 장자로 살아라.

· 지극히 작은 것 하나라도 행하고 가르치는 자가 큰 자이다.

· 축복권을 가지신 부모님 앞에서 야곱과 같이 부모님께서 즐기시는 별미로 부모를 공궤(供饋)하라.

· 하나님 아버지의 왕권은 섬김을 받지 않으시고 섬기는 왕권이시다.

· 하나님의 말씀을 순종하고 그 명령을 지키고 율례와 법도를 지키고 복을 받은 열조들을 기억하라.

한 사람이 다른 한 사람을 죽게 하면 그 죽게 한 자가 혼자 남을 것 같아도 세상에 그런 일과 법은 없는 것이다.

· 야곱이 예물로 마음의 한을 풀으려고 형 에서에게 선물을 보냈다.

· 세계를 公義로 정복하시는 하나님의 세계는 公義로 정복하는 자들의 세계이다.

· 자신을 경멸시키는 우상을 병기와 함께 버리고 행위와 행실(의복)을 바꾸라!

· 아버지의 사랑을 더 받는 자는 더 큰 미움을 받는다. 요셉은 형제들의 해악에서 벗어났고 형제들의 과오와 과실을 고쳤고 용서하였다.

· 피를 흘리는 일은 무익한 일이며 하나님의 진노를 부를 뿐이다.

· 심부름하는 사람이 심부름을 시킨 사람보다 크지 못하니 이를 알고 행하면 복이 있다.

공산주의자들은 열국주의의 정당인 공산주의를 병기와 함께 버리고 무장을 완전히 해제하고 생명의 근원이신 하나님께로 돌아와 그 강하신 손을 잡아야 살리신다.(창 27:39~40, 사 10:27 참조)

· 성령의 말씀 곧 진리가 없는 곳이 지옥이다.

· 소련은 붕괴된다. 살고 살리기 위하여 소련은 공산당을 청산하고 미국보다 병기를 먼저 버리고 부강하라!(1986)

· 우리의 육체는 생명의 처소이며 그 장막 집일 뿐 생명은 되지 못한다.

· 단기 축복 강포한 자와 교만한 자와 부요한 자와 하나님을 알지 못하는 자들을 낮추시고 꼬리를 따라가게 하신다.

· 이제 가라! 이 백성에게 나가라. 내가 너와 함께하리라.

· 우상의 나라에 폭탄이 내리고 택하신 백성이 거하는 땅에는 내리지 않는다.

하나님께서는 선과 악을 구별하심으로 公義를 베푸신다.

· 창세로부터 자기 백성을 삼으시려고 뜻대로 고치시는 일을 계속하시는 여호와이시다.

· 백운중중천지일색 천의생기만송상배(白雲重重天地一色 天意生氣萬松相拜)(1980. 1. 4, 10시 30분)

· 하나님의 창조의 뜻은 모든 인자들이 이스라엘(植民)과 같이 지배

세력 없이 탈취하는 법과 허신 우상 없이 함께 거하시려 하심이라.

· 은혜와 사랑과 公義는 일체이다.

· 온 세계 천하를 진동시키라.

· 탐욕스러운 악을 제하라.

큰 자가 되어 어린 자에게 섬김을 받지 않는 자가 어린 자를 섬기는 자이니 이것이 하나님의 주권이시며, 公義이시다.

· 원망하는 다수와 믿음 없는 다수를 따라 악을 행하지 말라.

· 나의 모든 말대로 하면 원수에게 원수가 되고 대적에게 대적이 될 지니라.

· 네가 번성하여 그 땅을 기업으로 얻을 때까지 내가 그들을 네 앞에 서 조금씩 쫓아내리라.

· 선을 선하다 하고 악을 악하다 하라.

· 이웃과 형제들을 괴롭게 하지 말고 죽도록 원망하지 말라.

· 하나님의 公義는 사랑이심으로 정직한 것이다. 公義보다 더 큰 사

랑은 없다. 정직한 사랑이어야 한다. 십일조가 정직했고 십구조가 정직했다 해도 십자가의 道(法)에 도달할 수가 없다.

하나님을 경외하고 서로 속이지 말라.

· 새 곡식을 위하여 묵은 곡식을 치우는 지혜와 용기를 발휘하라.

· 나무의 열매를 많이 맺게 하시는 것이 하나님의 일이시다.

· 사람이 없으면 땅이 안식한다.

· 단 자손들의 군대가 모든 군대의 후군이었다.

· 하나님의 사람을 원망하는 자들이 하나님을 원망하는 자들이다.

· 원망하는 마음으로 말하면 마음이 상한다.

분배의 원칙은 수가 많은 자들에게는 많이 주고 수가 적은 자들에게는 적 게 준다.

· 하나님께서 지으신 이 아름다운 땅을 피로 더럽히지 말라. 전쟁은 피로 땅을 더럽히고 황폐하게 할 뿐이니 전쟁을 종식시키라.

· 모든 생영들의 남편이 되신 하나님을 경외하고 그 말씀을 착하고 좋은 마음으로 지키며 힘써 행하고 부모에게 순종하고 공경하며 하나님께서 이르신 말씀으로 남편을 경대하도록 못하는 아내는 장래가 없다.

· 여호와께서 의롭게 여기시는 일을 행하면 네 후손들이 복을 받을 것이라.

· 하나님의 말씀에 순종하는 자들이 좋은 날 보기를 사모하는 자들이다.

· 땅 위에서 모든 우상과 편당과 병기를 없게 하신다.

· 천하의 만민들이 너로 인하여 근심하고 명성을 듣고 두려워할 것이다.

하나님의 나라는 사람들이 公義를 행하고 복을 받는 곳이며 그 앞에서 큰 자가 되어 어린 자들에게 섬김을 받지 않고 어린 자들을 섬기는 곳이 하나님의 나라이며 백성이며 그 왕권이다.

· 세계 열방은 내가 이르는 규례와 법도를 준행하라.

· 규례와 법도가 公義로운 큰 나라를 세우라. 公義 건설하여 세계 평

화 이룩하라.(신 4:8)

· 심판은 형벌이 아니고 깨닫게 하시는 하나님의 교훈이시다.

· 탐심과 교만을 버리고 하나님의 아들 예수그리스도에게서 낮추는 지혜를 배우라.

· 여호와를 경외하여 그 모든 도를 행하고 그를 사랑하며 마음을 다하고 성품을 다하여 섬기라.

· 낙원과 지옥을 병행시키셨으니 빛은 복 받는 낙원의 길이요 어둠은 저주받는 지옥의 길이다.

하나님을 사랑하는 것은 公義를 행함으로 사람을 귀하게 여기는 것이다.

· 선하신 하나님의 교훈(심판)을 받으라. 우상을 멀리하고 公義를 배우라.

· 열방을 모방하지 말라.

· 움켜쥐지만 말고 아버지의 자비로우신 손길처럼 형제들에게 손을 펴라.

· 公義는 정직하신 하나님의 사랑이며 의로운 빛이다. 선하신 하나님과 함께 公義에 이르면 公義를 행하며 公義를 건설하게 된다.

· 모든 사람에게 선대하고 하나님의 사랑이신 公義를 설명하니 모든 사람이 의롭게 되는 진리 정직하신 하나님의 公義만 쫓으라.

· 내가 삼소경을 주노니 자기를 위하여 소득(小得), 소적(小積), 소여(小餘)하라.

에돔 사람을 미워하지 말라. 이는 너희 형제이다. 공산주의 집단 해산 후 삼대후 자손은 여호와의 총회에 들어올 수 있다.(신 23:8)

· 公義는 정직하게 순종하는 사람을 사랑하고 불순종하는 사람을 심판한다.

· 악인들은 좋은 땅을 황폐하게 하고 저주받게 한다.

· 자기를 하나님의 말씀 안에 굴복시키는 자가 낮은 자이며 겸손한 자이다.

· 公義는 하나님께서 모든 사람에게 지균지심(知均之心)으로 선대하시고 귀엽게 여기시며 사랑하시는 정직한 빛이다.

· 하나님과 같이 公義를 행하고 모든 사람에게 선대하며 귀하게 여기며 열심히 사랑하고 정직하자.

· 하나님은 사랑이시고 빛이시기 때문에 말씀이 흠이 없으시며 정직하시다. 선한 것과 악한 것을 판단하시는 일이 지혜로우시다.

"단은 바산에서 뛰어나오는 사자 새끼로다." (신 33:22)

· 믿음의 조상일수록 모든 행사를 의롭게 했다.

· 혈육의 권세로 자긍하지 않는 소수로 역사하신다.

· 비록 철병군을 가졌고 강할지라도 네가 능히 그를 쫓아내리라.

· 하나님의 상속은 산 자들 모두에게 있다.

· "단은 배에 머무름은 어찜인고?" (삿 5:17)

· 하나님께서는 항상 소수로 역사하신다. 무수하고 수다한 사람들을 좋아하시지 않으시고 기뻐하시지 않으신다. (출 23:2 참조)

"땅 위에서 혼자 살고자 하는 자들은 모두 망할 것이라. 가시나무 왕권은

세상 왕권으로 섬김을 받는 왕권이며 화염검으로 두르셨다."(삿 9:8~15)

· 영생하시는 유일하신 하나님의 주권과 왕권을 인정하는 형제들은 형제들 위에 스스로 높아서 왕이 될 수 없다.

· 하나님의 사자는 기묘자이다.

· 단 지파의 악은 세상 지혜와 하나님의 지혜와 교류하는 것이니 선 악과를 따 먹는 일이며 이는 하나님과 우상을 겸하여 섬기는 행위인 것이다.

· 이삭을 줍듯 의를 조금씩 모으라.

· 하나님의 백성들에게 내리시는 복은 지균지심으로 다 한결같으시다.

· 가난한 자를 진토에서 일으키시며 빈핍한 자를 거름 더미에서 드 사 귀족들과 함께 앉게 하시며 영광의 위를 차지하게 하시도다.

듣는 자마다 두 귀가 울리리라.

· 원수를 사랑할 수 없는 의인은 하나님의 자녀가 될 수 없다.

· 영혼의 나라가 다윗의 나라가 된다.

· 국민들에게서 거두고 모아서 정당을 갖고 무기를 만들어 사고팔면서 편당을 두고 자기들의 위로만 크게 하면 망한다.

· 여호와의 구원은 사람의 많고 적음에 있지 않다.

· 하나님의 말씀을 듣기만 하고 행하지 않는 자들은 저주 아래 있을 것이며, 살아 있으나 죽은 자들이다.

· 하나님은 천지의 주재이시며 생명의 근원이 되시는 주님이시니 모든 생영들의 아버지이시며 생영들의 남편이시다.

사람은 외모를 보거니와 하나님께서는 중심을 보신다.

· 전쟁은 여호와께 속한 것이다.

· 악은 악인에게서 난다.

· 하나님을 믿음으로 원수를 사랑하는 것이 예수를 믿는 것이다.

· 세계는 생명을 해악하는 일에 힘쓰지 말라. 우상을 모두 병기와 함

께 내던져 버리고 없이 하여야 살리신다.

· 다윗은 용사의 많음을 의지한 죄를 자책했다.

· 사실을 사실대로 말하는 것이 참 용기요 힘이다.

성령의 검은 판결하는 능력이시다.

· 살리는 자가 산 자의 어미라 마귀의 자식일지라도 자녀가 사는 것
이 혈육의 부모의 심정이다.

· 피로 땅을 더럽게 한 인간의 역사를 뒤집어엎어라.

· 인간들의 나라와 인자들의 나라가 구별되었다.

· 솔로몬이 말년에 하나님을 떠났다.

· 하나님의 이름을 예루살렘에 두어서 영원토록 있게 하고 한 등불이
하나님 앞에 항상 있게 하셨다.

· 주권자는 보존하시는 권능자이시며 주관자는 주권자에게 속한
관리인이다. 아버지는 영생하시니 아들은 보전자가 아니요 주관자

요 관리자일 뿐이다.

왕이 백성의 종이 되고 백성을 섬기면 그 백성이 복이 있다. 왕이 백성의 종이 되면 섬기는 자로 높아질 것이요 백성의 왕이 상전이 되면 백성을 섬기지 않는 것이다.

· 왕이 백성의 말을 듣지 않는 것은 하나님께로 말미암은 것이라.

· 선지자이든 열왕이든 하나님의 명령을 어기면 끊어진다.

· 하나님의 사람들은 사례물을 거절한다.

· 이 백성을 모두 살리시는 그 일을 나로 하게 하시는 것이 하나님의 일이시다. 인자의 책임과 의무는 사람을 살리는 그 일이라. 아버지의 뜻은 인자들에게 公義로우며 그 모든 행사가 公義로우시다.

· 인자들이 하나님을 부르지 아니하면 아버지께서는 대답을 하시지 않으신다.

· 너는 네 민족에게 고하여 이르라.

거짓말 하는 영의 실체를 성서에서 찾아라. 모르면 속고 속이며 속이고 속는다.

· 얼굴을 거울에 비치면 서로 똑같은 것같이 마음도 서로 비치느니라.

· 빈 그릇은 마음이 가난한 사람들이니 모든 그릇에 기름을 부어 차는 대로 옮기듯 성령으로 가득 찬 자를 옮겨 놓는다.

· 하나님의 사람은 좌나 우로 치우치지 않아야 한다.

· 정직한 자들의 모임에는 회계 보고가 필요 없다.

· 영원한 한 나라 백성을 삼으셨다.

종의 집에 복을 주사 먼 장래까지 말씀하셨다.

· 주께서 복을 주셨사오니 영원히 누리리이다.

· 왕이 되기 전에는 믿음으로 싸우더니 미련하게 불신하는 죄를 지었다.

· 다윗의 나라는 예산체제 국가가 아니고 지배 세력 없는 감사하는 체제이다. 들을 귀가 있는 자들은 들으라!

· 정직한 것을 받으시려고 11조의 율법을 주셨으니 탐욕 없는 자와
  함께하신다.

· 왕은 백성을 후대하고 기쁘게 하는 것이요 선한 말을 하는 자이다.

· 公義를 만방에 베풀어서 하나님의 모든 사람에게 동일하게 주시는
  사랑과 기쁨을 일러 주는 것으로 公義를 베푼다.

하나님을 의지하지 않고 믿음이 없는 것이 죄악이다.

· 하나님께서는 의로운 적은 무리와 함께하시고 약한 자를 도우신다.

· 강한 자와 약한 자 사이에는 주밖에 도와줄 자가 없다.

· 公義를 베푸는 것은 하나님의 명령을 일러 주고 가르치는 것이다.

· 천지 만물과 생영들을 지으신 하나님을 경외하고 사람들이 만든
  것과 부정하고 가증한 것들 하나님을 격노케 하는 모든 것을 신속
  하게 내던져 버리라.

· 국제의인생존자위로연맹은 죄와 상관 없는 자들로 자유하는 율법
  을 가진 자와 公義로 싸우는 자들 곧 의인들의 모임이다.

· 열매 맺는 것이 公義이다.

혈육의 권세를 의지하는 값이 전쟁이요 성령의 열매인 公義를 사랑하는 값은 평화이다.

· 진심으로 의지하는 자를 위하여 능력을 베푸신다. 의지하는 자들에게는 평안을 주시고 떠나는 자들에게는 두려움을 주셨다.

· 여호와를 신뢰하라. 그리하면 형통하리라.

· 찾는 자들에게는 은총을 배반하는 자들에게는 진노를 베푸신다.

· 형통케 하시는 하나님은 우리를 위하여 公義로 싸우신다.

· 열국들은 백분의 일의 통화유통세로 세제를 단일화시켜 세 부담을 줄여 국민들을 편안하게 인도하라.

· 천지 만물을 지으시고 모두 살리시고, 아끼시고, 돌아보시며 보전하신다.

혈육으로는 세상 나라 백성과 같이 되었어도 생명의 빛으로는 하나님 나라의 백성이요 찬송하는 사람 유대인이라.

· 자기를 높이는 교만이 스스로를 죽이는 일이다.

· 미혹된 마음이 곧 교만한 마음이다.

· 자기의 생명을 염려하지 않는 무관심은 죄악이다.

· 마음의 선한 빛으로 캄캄한 어둠과 타협하지 말고 마음의 좋은 것으로 악과 교류하지 말라.

· 탐욕을 버리고 악에서 떠나 순결하고 정직하라.

· 어두운 밤이라도 등불만 가지면 잘 간다.(道而夜光)

내 안에 거하는 생명의 선한 빛이 내게 등불이요 명령이시다.

· 혼은 현재와 미래를 보는 눈이 없고 영은 과거와 현재 미래를 보는 눈이 있다.

· 만국을 부흥하게도 하시고 다시 멸하기도 하신다.

· 公義를 행하는 자들은 사망에서 생명으로 옮겼느니라.

· 하나님과 동행하면 영생복락을 누리고 병고가 없다.

· 너희가 나를 죽이고 살 것 같으면 나를 죽이고 서라도 살아라. 의인의 값은 생명(피)이다.

· 公義를 행하고 모든 일과 모든 사람들에게 기쁘게 하자.

복을 받은 자는 복을 받지 못한 자에게 손을 내밀고 펴라. 가난한 자와 고생하는 자를 잘 도와주는 것은 공평하게 하려 함이니 네가 없을 때에 있는 것으로 이웃을 돕게 하려 함이라.

· 악인은 자기 앞에 굴복시키는 것을 상책으로 삼는다.

· 세상에 공평한 빛도 의리의 빛도 없이 어두워 갈 때에 빛이 있을 것이라.

· 새 시대에는 새 교훈이 필요하다.

· 인간들에게는 지배 세력이 없는 것이다.

· 듣고 행하지 않는 자와 믿지 않는 자와 의가 없이 사는 자는 동일하니 이들이 죽은 자이다.

· "너는 이 백성에게 나가서 公義를 베풀어라." 말씀을 하시어 드린 말씀이 백성이 어두워서 내 말을 듣습니까?

회개하는 자를 사랑하시고 감사하는 자를 기뻐하신다.

· 하나님께서는 세계를 영혼의 한 나라로 그 나라를 영원무궁토록 통치하신다.

· 사람을 살리기 위해서 사람을 죽게 하는 일은 살리는 것이 되지 못한다. 사람을 살리는 것이 주의 능력이시다.

· 부자로 아버지를 잃어버리는 것보다 가난하여 하나님을 찾는 것이 더 부한 것이다.

· 마음에 진실을 말하며 원망하지 않는 것이 公義를 일삼는 것이다.

· 하나님을 두려워하지 않고 속이는 것이 公義를 미워하는 것이다.

· 화도 복도 내리지 않고 하나님께서 선악 간에 갚으시는 것이 없다고 생각하는 사람은 아무도 선을 행하는 능력이 없는 것이다.

자기의 죄를 인정하고 회개하는 눈물이 생명길이다.(1980. 11. 29)

· 입술로 범죄하지 말라 의인은 그 말씀으로 산다.

· 公義는 하나님의 심판과 사랑이다. 무조건 사랑이 인자(仁慈)이다.
하나님께서는 사람이 원하는 것으로 갚으신다.

· 땅 이 끝에서 땅의 저 끝까지 어둠을 밝혀 주는 저 해를 향하
여 원망하는 자가 어디에 있겠는가?

· 주권(지혜)은 사람과 만물을 지으신 하나님께 돌리고 지음을 받은
자에게 돌리지 말라.

· 땅을 정복하라는 하나님의 말씀을 거역하고 우주를 정복하는 것
은 인간의 본분을 넘은 패역(悖逆)이며 현대판 바벨탑 쌓기다.

· 인간의 지혜나 짐승의 지혜를 버리고 열국주의를 모방하지 말라.
이방인들이 너를 모방하리라.

영생하시는 아버지의 말씀은 나를 항상 교훈하신다.(1980. 12. 4)

· 나의 눈이 어두워서 탐욕스럽지 않게 하시고 술수로서 주의 얼굴
을 잊어버리지 않게 하소서.

· 개들은 탐욕과 이욕을 쫓는 자들이다.

· 하나님의 公義는 모든 사람에게 선대하시는 하나님의 사랑이시다.

· 화목하는 것이 거룩한 것이다.(시 29:2)

· 죄를 깨닫는 것이 하나님을 아는 시점이다.

· 하나님과 보내심을 받은 예수를 찾으라.

불의를 말하지 말고 속이는 말을 하지 말라.

· 公義는 생영들의 큰 용기이다.

· 전쟁을 준비하는 것은 곧 전쟁을 하는 것이니 평화는 정직한 것이
고 전쟁은 속고 속이는 것이다.

· 나의 자녀들이 너희 자녀와 같고 너희 자녀들이 나의 자녀들과 같
은 이 한 가지를 잊지 말라. 이웃을 사랑하는 법이 그 가운데 있다.

· 약한 자와 궁핍한 자를 돌아보는 자가 복이 있다.

· 마음으로 公義를 사모하고 행사로 公義를 일삼으며 입술로써 公義에 이르며 성령으로 公義를 실천하라.

· 하나님의 나라는 탐욕 없이 사는 것이다. 나라(생영)들은 公義를 세우라. 하나님의 법은 公義로우시다.

사람이 선한 말과 행사로 모든 사람을 귀하게 여기고 선대하며 살아서 해(태양)를 보는 것이 즐거운 일이라.

· 公義는 모든 사람을 즐겁게 하고 기쁘게 하는 하나님의 지혜와 능력이시다.

· 하나님께서 사람의 간구를 듣지 않으심은 정결치 못하고 하나님의 저울에 달려서 부족한 탓이라.

· 칼을 갈듯이 자기 혀를 연마하지 말라!

· 부활과 영생은 하나님 앞에 있는 영원한 구원이다.

· 하나님의 왕권은 복을 받도록 교훈하시는 왕권이다.

· 열국주의는 정하신 때까지 존재하고 결국에는 소멸하신다.

탈취당한 자를 압박자의 손에서 건지신다.(렘 21:12 참조)

· 영생하시는 하나님의 나라(생명)는 영원히 땅 위에 있도다.

· 생명의 빛이 되신 예수를 부끄러워하지 말라.

· 법의 목적은 생명을 살리는 것이며 살리는 것이 하나님의 公義이시다.

· 잘못을 고치시는 그 일이 성서의 목표이며 온 세계를 진흥시키심도
창조 본래로 고치심에 있으시다. 인자들의 마음과 말과 행사를 고
치심이 아버지의 뜻이시니 율법으로 치료하셨고 은혜와 사랑으로
치료하셨고 이제는 마지막 교훈 公義로 치료하신다.

· 公義를 배우고 건설하면 평화롭게 살리시고 公義를 멀리하면 훼멸
(毁滅)이 있을 뿐이다.

· 정직과 公義를 떠나면 어두운 길이니 탐욕을 버리고 순결 정직하라.

사람의 모든 행사는 입술의 열매이다.

· 하나님의 손에서 나오는 公義로운 햇빛은 은혜와 진리로 公義를
만방에 베풀고 온유하고 정직하게 세계만방을 밝히 비추신다.

· 편벽됨은 정도가 아니고 公義가 아니다. 정직한 길이 광명한 길이다. 예수와 같이 악에서 떠나라.

· 내 입술은 은혜와 진리와 公義와 사랑을 말하며 악인과 불의한 자들을 저주한다.

· 간절하게 찾는 자가 만나고 사랑하는 자가 사랑을 받게 된다.

· 은혜와 진리로 온유하고 정직하게 행하시는 하나님의 행사는 모든 사람의 영혼을 다시 살리시려고 의로우신 일을 나타내시고 육체를 두어서 모두 살게 하시는 것이 하나님의 公義이시다.

· 강포와 탈취와 원망과 교만과 자랑은 자기 소멸의 쓴 뿌리가 되나니 모두 아낌없이 내던져 버리는 것이 公義를 행하는 것이다.

너희 신의 소생들아 하나님 앞에서 公義를 행하고 서로 사랑하라.

· 세상을 진동시키시며 하나님의 선하신 公義를 베풀며 하나님의 영광 나라로 변동시키시며 영혼의 세계를 한 민족과 같이 교훈하신다.

· 하나님께서는 세상을 헛되이 창조하시지 아니하시고 사람으로 하여금 땅 위에 거처하게 하시려고 창조하셨다.

· 내 말과 하나님의 명령을 버리지 말라. 대언자가 그리스도가 되신 것은 하나님의 말씀이 그와 함께 계셔서 그 안에서 일하시는 것이다.

· 하나님의 지으신 만물이 하나도 헛되이 지으신 것이 없고 그 이름을 영화롭게 하셨다.

· 사람은 모두 하나님의 영광이요 하나님의 자민들이다.

· 진리를 행하는 자들의 후예들에게 복이 있으리니 선행을 뿌리라.

이웃을 유익하도록 귀한 열매를 맺기 위하여 아름다운 사람들의 꽃이 되어 항상 즐겁게 생활을 하며 생영들이 즐거이 노래할 때가 왔다.

· "1965년이 아니다 개원(改元)이다."

· 公義는 이 시대의 마지막 교훈이다. 公義는 살리시려는 명령이시니 생명이다.

· 참된 자도 거짓된 것 같고 거짓된 자도 참된 자 같다.(1979. 9)

· "담대하라. 두려워 말라. 떨지 말라. 나를 의지하고 公義를 세우라!"

· 아버지의 나라들이 영원히 아버지 하나님 앞에 있다. 이는 자녀들의 나라(생령)요 모두 같은 나라 곧 생령들이다.

· 율법은 이제 봉함하라!

신랑은 하나님의 외아들 예수그리스도의 교훈이며 신부는 하나님을 경외하고 악을 미워하며 진리의 성령으로 이르시는 말씀을 기다리는 순결 정직하고 능히 탐욕을 버린 처녀(신부)들이다.

· 그 나라는 지배자들의 통일 정부도 아니요 연방 정부도 아니요 모든 나라들이 제도만 같이하는 것이다.

· 귀가 있는 자들은 들으라! 만물을 살게 하시는 주권자는 보존자이시며 주관자는 그 사람들의 지배자가 아님을 깨달아 알아라.

· 세계 평화를 내가 선언하고 세계 통일, 기호 통일, 제도 통일로 가는 公義를 베풀며 설명한다. 하나님의 기호를 세우거든 너희는 보고 마지막 교훈을 베푸는 나팔을 불거든 너희는 들으라.

· 세계 평화는 사람들의 손으로 만든 모든 신상과 병기를 함께 내던져 버리고 公義로 심판하는 교훈을 베풀고 지배 세력이 없는 한 나라 정부로 모든 나라들이 연방 정부도 통일 정부도 갖지 말고 통계

만 관리하는 정부를 가질 것이며 모든 나라들이 제도만 같이하고
현재의 판도를 유지되도록 존속시키는 것이다.

· 귀한 열매 맺는 자와 함께하시는 모든 육체의 하나님이시다.

· 하나님을 기뻐하는 자들에게는 병기를 주시지 않으신다.

**열국의 열왕들은 땅을 더럽히지 말고 멸망하게 하지 말고 백성들을 죽게
하지 말라.**

· 열국의 열왕들은 지배 세력 없이 백성들을 公義와 진리로 인도하여
감사하는 나라로 강국이 되게 하라! 강병은 빈국을 부를 뿐이다.
모든 병기와 지배 세력을 버리고 부국강민이 되라.

· 하나님이 사랑하시되 선악을 분간하시고 순종하는 자들에게는
사랑으로 불순종하는 자들에게는 형벌로 갚으신다.

· 심판은 마지막으로 베푸시는 교훈이시며 마지막 교훈은 끝까지
치료하시는 하나님의 변함이 없으신 사랑이시다.

· 교훈은 복 받기를 배우라는 뜻이니 公義를 배우는 것이다. 이제 세
상의 심판이 이르렀으니 이 세상 임금들이 쫓겨나리라.

· 나는 이미 준비가 되었으니 이 장막 집이 헐려도 영생하시는 아버지께서 다시 살리시겠음으로 나는 나의 갈 길을 가거니와 나는 끝까지 公義로 싸우고 병기로 싸우지 않는다. 너희들은 한 사람도 죽게 되어서는 안 된다. 멸망하지 말고 모두 살아야 한다.

· 대한민국(시온)을 침노하는 나라에는 멸망이 있다.

하나님의 심판은 생영(나라)들로 고통케 하심이 아니요 평안하게 하심이라. 순종하지 않는 자들에게는 화요 평안이 아닌 고통이 되나니라.

· 공산주의의 땅이 황무지가 된다.

· 너희는 신들이니 다른 신을 섬기지 말라. 섬기고 경배하면 멸망한다.

· 볼 수 있는 눈과 들을 수 있는 귀와 깨닫는 마음이 없는 이 땅의 거민들이 잡다한 종교를 무분별하게 수용하여 자기의 것을 만들어 진리의 하나님을 떠나서 싫어졌고 잃어버렸으니 욕심쟁이와 거짓말쟁이가 되어 제 아비의 말을 듣고 그것을 좋게 여기고 있는 이 한심한 세대여 公義를 배우라.

· 열국들은 들으라. 내가 강하고 부강하게 하리라. 모든 사람에게 선대하시는 하나님은 선하시고 지균지심으로 사랑하시는 만왕의

왕이시다.

· 남북한은 우상을 병기와 함께 내던져 버리고 부국강민이 되라.

· 스스로 자기를 불사르지 말고 나를 따르고 말씀을 듣고 순종하
면 살리심을 받는다.

"국제의인위로연맹을 가질 것과 맹렬히 돌아다니라." 명하셨다.

· 열방의 주재이신 公義의 하나님께로 돌아오라. 온 세계의 왕이 되신
하나님은 교훈으로 이르신다.

· 성령의 강림을 인정하고 육체의 강림을 말하지 말라. 육체가 구름
타고 하늘에서 임한다고 가르치는 자들에게 화가 있으리라. 성서를
읽어 보지 못했느냐? "사랑하는 자들아 영을 다 믿지 말고 오직 영
들이 하나님께 속하였나 시험하라. 많은 거짓 선지자가 세상에 나
왔음이니라. 하나님의 영은 이것으로 알지니 곧 예수그리스도께서
육체로 오신 것을 시인하는 영마다 하나님께 속한 것이요 예수를
시인하지 아니하는 영마다 하나님께 속한 것이 아니니 이것이 곧 적
그리스도의 영이니라." (요1 4:1~3)

· 나라(씨)는 살리는 자의 것이다. 나라(씨)는 땅을 상속받는 것이다.

창세로부터 예비된 나라(씨)는 생명(빛)이며 각각 의를 행할 줄 아는 사람들과 같이 거하시는 하나님의 사랑이라.

· 내가 세상의 빛으로 임하였으니 나를 믿는 사람은 어두운 데 있지 아니하리라.

· "저희가 주의 법을 폐하였사오니 지금은 여호와의 일하실 때이니이다." (시 119:126)

· 거짓을 미워하고 싫어하고 주의 법을 사랑하는 것처럼 세계의 거민들아 너희도 그리하라.

할렐루야! 할렐루야! 할렐루야! 십일조를 야적하라. 이웃의 가난한 자와 고아와 도와줄 사람이 없는 과부와 나그네와 유리하는 빈민을 위해서 그렇게 하라. 이것이 하나님을 아는 것이다.

· "하나님이 통치하시니 범죄하지 말고 회개할 것 없다." 서로 속이지 않는 자가 복이 있다.

· 생령들의 아버지의 명에 의하여 규례와 법도가 公義로운 아버지의 통합세계국가를 선언하고 이에 평화를 공포한다.

· 하나님과 동행하는 사람을 찾아가며 타인보다 상하였나이다. "맹렬히 돌아다니라." 말씀하셨다.

· 천지의 주재이신 우리 영혼의 아버지 하나님께서는 만복의 근원이 되신 유일하실 영혼의 아버지이시며 모든 영혼들의 남편이시다.

· 세상의 행사가 악하다 함으로 인자를 미워하고 하나님께서 친히 보내신 전도자로 마지막 교훈 公義로 고쳐 주려는 것을 싫어하고 기뻐하지 않고 배척하는 몹시 어두운 시대이다.

· 새 하늘과 새 땅에는 법인도 없고 단체의 권력도 없다.

영혼의 세계는 하나님의 영광이며 하나님의 종말은 인간들에게는 가장 큰 기쁨이다. 이는 씨의 종말이 아니고 죄악의 종말이기 때문이다.

· 지배자가 지배를 받고 학대하는 자가 학대를 받을 것이며 명령하는 자가 명령을 받을 것이라.

· 지배자의 보좌가 없어지리니 이제 나라(생영)들이 통계관리 정부로 바꾸라.

· 하나님의 주권과 왕권과 천권을 인정하라.

· 열국의 열왕들은 들으라. 살리는 자에게 영원한 복이 있으리라.

· 상속자들은 사람들에게서 멸시를 받고 백성들에게서 미움을 받고 관원들에게는 종이 된 자들이다.

· 열방이 더 부하고 公義로운 강대한 나라로 되려면 모든 병기를 우상과 함께 내던져 버리고 무장을 완전히 해제하라.

문을 열고 개방하는 나라여! 내가 원하는 나라에 들어갈 것이며, 내가 말씀을 던지리라.

· "내가 열방을 향하여 나의 손을 들고 하나님의 기호를 세울 것이라. 민족들을 향하여 열국을 향하여 나의 기호를 세우리라." (사 49:22)

· 장차 황해가 육지가 되리니 이는 내가 기도하였음이라. "황해평야 인자국 황해어이산곤륜 강수양자황하수(黃海平野人子國 黃海於移山崑崙 江水楊子黃河水)."

· 公義를 만민의 빛으로 세우셨다.

· 해와 같은 하나님의 公義로우신 율법을 설명한다.

· 기쁜 소식, 좋은 소식을 전하시려고 나를 만세전에 정하사 이 어두워 가는 시대에 세상에 보내셨다.

· 하나님께서는 만대를 그 영광(생명)의 나라로 영원히 통치하신다.

만대의 왕이신 하나님의 公義로우신 법도가 시행되는 곳이 하나님의 나라 낙원이다.

· 참된 지도자는 한 사람도 죽지 않게 하고 괴롭게 하지 않는 사람이다.

· 公義로 모든 사람을 살리는 곳에 참 평화가 있다.

· 열국의 모든 지도자들은 정부를 지배 세력 없는 정책 운영으로 같은 제도로 통일시켜야 한다.

· 주권은 오직 하나님께만 있고 형제들 중에 지배자가 될 수 없어야 한다.

· "홀로된 여인의 자식이 남편 있는 자의 자식보다 많다."(사 54:1) 하심은 하나님을 알지 못하는 여인의 자식이 많다는 말씀이시다.

· 무지몽매한 목자들은 탐욕이 심하여 자기의 이익만 도모하는 자들이다.

하나님의 마지막 교훈하시는 말씀으로 천하를 진동시키시며 고치신다.(1981. 10. 21, 자정)

· 예수와 같이 마음과 말과 행사를 고치는 자기 정돈을 하라.

· "하늘을 돋우어라." 말씀을 하시어 땅은 돋을 수 있지만 어떻게 하늘을 돋습니까? 말씀을 드리니 산에 나무를 심는 것이 하늘을 돋는 것이다. 말씀하셨다. 그때에 사방공사를 주도하여 산에 나무를 심어 산을 푸르게 하였다. 부유사해 공의건설(富有四海 公義建設)

· 먼저 하나님을 경외하고 부모를 공경하며 남편을 경대하라.

· 열방을 부하게 하라. 우리 하나님께서는 부하게도 하시고 가난하게도 하시며 강하게도 하시고 약하게도 하신다.

· 인간 제도에 집착하지 말라. 우리의 마음속에 하나님의 말씀과 율법이 있으면 그곳은 시온이다.

· 하나님께서는 해와 같이 밝게 비취시는 公義를 끝까지 사랑하시고

건설하신다.

그 영광을 나타낼 자들이 복 받을 자손이다.

· 하나님께서 통치하시니 범죄하지 말고 회개할 것 없다.

· 하나님의 公義가 없는 곳에는 햇빛의 밝음이 아무런 의미가 없다.

· 새 하늘과 새 땅은 남기심을 받은 상속자(씨, 나라)들의 땅이며 새 하늘과 새 땅을 전하는 사람은 公義를 장차 날 백성들에게 전하는 사람이다.

· 하나님께서 기뻐하시는 생각과 일을 택하라.

· "육체의 아버지는 사모하고 찾으려 하나 생명의 근원이 되신 하나님 아버지를 잃어버린 세대여! 아버지와 함께 거하고 동행할 수 없도록 잃어버리게 하고 모독을 당하시게 하는도다."(롬 2:24)

· 인생들아! 못된 짓만 가려서 하지 말고 하나님께서 기뻐하시는 일을 택하라!

진리를 쫓는 자는 빛으로 오나니 이는 그 행위가 하나님 안에서 행한 것임

을 나타내려 하심이라.

· 너희 이 세대여 여호와의 말씀을 들어 보라!

· 배역하는 마음과 말과 행사에 公義가 없음을 치료하시는 일은 하나님의 정하신 날 정하신 때까지라.

· 내 백성은 나를 믿지 않고 믿지 못하는 미련한 자식들이라.

· 온 세계 천하를 진동시킬 일을 하지 말라. 고통을 주시기 전에 예수를 믿고 하나님을 찾으라.

· 公義를 사랑하는 백성들에게 公義를 전할 것이요 公義를 미워하는 백성들에게는 公義로 멸할 것이라.

· 종들은 살찌고 윤택하나 주인들이 가난해지도다. 하나님의 보수하심이 권력으로 다스리는 온 땅 위에 가득하도다.

"성서를 번역하는 자들이 문맥을 어둡게 번역하고 하나님과의 상거가 멀어지게 하고 희미하게 만들고 있다."(렘 8:8)

· 평화는 정직한 것이다. 우상들에게는 평화가 없다.

· 하나님을 아는 자는 인애와 공평과 公義를 땅 위에 행하시는 하나님이심을 깨닫는 것이다.

· 온 세계 천하를 진동시켜 괴롭게 하고 두렵게 하여 하나님을 부르게 하시기 전에 평안한 가운데서 하나님을 부르고 복을 받으라.

· 일넘은 포수의 총이며 하나님의 생각은 일넘이라.

· 악한 행위에서 돌이키게 하는 것이 公義를 배우는 것이다.

· 모든 육체는 하나님의 백성이 되었으니 말씀을 듣고 그 교훈을 받으라.

사방을 태우는 불을 준비하는 것은 너희이니라. 하나님의 권고를 받으라.

· 지배 세력으로 집권하기 위한 의견의 일치를 강요하지 말라.

· 사람이 행한 선과 악을 하나님께서 갚으시는 것이 公義다. 公義를 배우는 것은 악을 미워하고 악에서 떠나는 것이다.

· 모든 사람에게 선대하고 아무에게도 해악하지 않고 원수를 사랑하는 것이 公義를 행하는 의인들의 즐거움이다.

· 하나님께서 온 세계 만국과 친 백성에게 마지막 교훈으로 심판하시는 公義를 만방에 베푸시고 그들이 복을 받도록 설명하시려고 우상에 미친 세상에 나를 보내신 것이다.

· 내 백성의 죄가 소돔의 죄악보다 더 중하도다.

· 종들이 관활함이여! 그 손에서 건져 낼 자가 없나이다. "너는 내 입의 말을 듣고 나를 대신하여 그들을 깨우치라."

애국가로 하나님을 찬송하는 백성답게 마음과 말과 행사를 일치시켜라.

· 떡이 있는 곳에 자유가 없으면 그곳은 죄인들이 사는 지옥이요, 자유가 있는 곳에 떡이 없으면 노예들이 사는 지옥이며, 떡이 부족하지 않고 자유가 있는 곳은 하나님의 주권 앞에 자민된 생영들이 사는 낙원이다. 짐승이나 다름없는 공산주의는 짐승들이 사는 땅이며, 민주주의는 사람과 짐승들이 같이 사는 땅이다. 태초에 하나님께서는 사람을 죄인으로도 짐승으로도 노예로도 창조하시지 않으셨다.

· 서로 열심으로 사랑하지 않으면 하나님의 진노를 부르게 된다.

· 율법을 따라 행하는 자들이 더 요란한 세상이 되었다.

· 하나님의 뜻에 결합하도록 새 그릇과 새 집으로 지으신다.

· 의인의 의는 의인의 품으로 돌아가고 악인의 악은 악인의 품으로
  돌아간다.

· 모든 악은 악인에게서 나온다.

**公義는 사람의 영혼을 깨끗하게 씻는 하나님의 말씀이시다. 公義는 원수를
사랑함으로 온전함을 이루어도 원수의 행사까지 찬동한는 것이 아니다.**

· 권세 잡는 자는 우상을 섬기고 숭배하는 자이며 우상은 사람을
  해악한다.

· 풍요로우면 아버지와 법을 떠나고 강성하면 아버지가 싫어 버리게
  된다.

· 인자의 책임과 의무는 모든 사람의 생명을 해악하지 않고 살리는
  일이다.

· 자기만 먹이는 세상에 목자들이 강포로 다스리도다.

· 전쟁이 없는 평화롭고 公義로운 나라를 건설하라.

· 세상 나라는 우상으로 하나님의 영광을 욕되게 하고 있다.

"하늘의 하나님이 한 나라를 세우시리니 이것은 영원히 망하지도 아니할 것이요 그 국권이 다른 백성에게로 돌아가지도 아니할 것이요 도리어 이 모든 나라를 쳐서 멸하고 영원히 설 것이라."(단 2:44, 슴―된 나라로 하나님의 영광 나라)

· 선한 자를 사랑하는 것이 公義요 악인을 사랑하는 것은 公義가 아니다.

· 하나님께서 행하시는 모든 일이 公義로우시다. 公義가 시행되는 곳에는 하나님께 죄 속함을 받을 것이라. 公義를 베풀게 하시려고 나를 보내신 것을 내가 믿노라. 할렐루야!

· 가브리엘은 기쁜 소식을 전하는 천사이다.

· 순결 정직한 자들이 정로를 걷는다.

· "너는 이 백성에게 나가라! 내가 너와 함께하리라. 너는 낫을 쓰라. 포도가 익었도다."(1964, 가을에 이르심)

· 선악과와 교류하면 정녕 죽으리라.

우리 육체는 그 영원한 생명의 빛으로 거하도록 하나님께서 주신 것을 받은 장막 집이다. 그래도 우상을 만들고 경배하며 병기를 만들어 사고팔면서 평화를 말하고 생명을 해악하는 훈련을 언제까지 연습하려는가? 참으로 痛歎할 일이로다!

· 열방은 모두 들으라! 하나님께서 어찌 너희들을 버리시겠느냐! 하나도 버려지는 것을 기뻐하시지 않으시고 끝까지 천하를 주고도 바꿀 수 없는 생명을 살리시고, 아끼시고, 돌아보시고, 보전하시려고 나를 보내사 公義를 베풀도록 하신 것이다.

· "내가 분노함으로 네게 왕을 주었고 진노함으로 폐하였노라."(호 13:11)

· 택함을 받은 자로 남은 자가 되게 하라. 이들이 상속자들이니라. 보습을 쳐서 칼을 만드는 것은 믿음이 없음으로 빈곤을 부르는 일이고 낫을 쳐서 창을 만드는 것은 公義를 알지 못함으로 약자로서 강하게 보이려는 어두운 행사인 것이다.

· 죽이는 명령자는 왕도 지도자도 아니며 오직 살리는 명령자가 왕이며 참 지도자이다. 살기 위하여 죽게 하는 자는 스스로를 속이고 스스로 속는 자이다.

· 악을 미워하고 선을 사랑하며 公義를 세우라!

· 탐욕의 불씨는 비록 작을지라도 족한 줄을 모르나니 탐욕의 불씨를 끄는 용기와 믿음을 갖자.

억울함을 풀어 줄 때에 내가 오지 않았습니까? 무너지지 않은 전기종(田基宗)의 집이 내가 나오자 무너졌느니라. 내가 그 집에 있을 때까지 기다리셨으니 이는 하나님께서 나를 사랑하셨고 애호하신 것이다.

· 하나님의 말씀(교훈)을 듣는 것이 公義를 배우는 것이다.

· 땅을 정막하게 하지 말라.

· 생명의 길이기에 도피하고 도망하는 자를 막지 않는다.

· 천하를 주고도 바꿀 수 없는 생명을 미워하지 않고 귀하게 여기는 사람은 땅 위에 남을 것이며 보전된다. 생명을 격멸하고 미워하는 사람은 누구든지 보전되지 못하고 이 땅 위에서 모두 멸망할 것이라. 이는 하나님의 公義가 각 사람이 원하는 것으로 갚아 주시기 때문이다.

· 하나님께서 기뻐하시는 일을 하라! 우리 하나님은 생명을 살리고

아끼고 돌아보시며 끝까지 보전하신다.

· 인간들의 악념과 교만이 하늘에 사무쳤다.

빛은 타협하지 않는다.

· 하나님께서는 영원한 창조를 계속하시며 만국을 보전하시고 수호하신다. 죄와 상관없는 자 되기까지 죄와 상관 없는 자들을 찾으신다.

· 열국들은 하나님의 땅을 더럽히지 말라. 복의 근원이 되시는 우리 하나님의 뜻은 생육하고 번성하여 땅에 충만하라. 그리고 땅을 公義로 정복하라 하셨다.

· 요나가 3일 만에 부활하여 다시 전도자가 된 것을 상기하라.

· 미워해야 할 것을 미워할 줄 모르는 어두운 세상이 되었다.

· 公義는 모든 사람에게 선하고 정직하게 행하는 것이다.

· "에서의 산아! 용사의 힘을 믿지 말라. 내가 너희들을 더 부하게 하고 더 강하게 할 터이니 병기를 우상과 함께 버리고 미국을 두려워

하지 말고 당을 해체하고 나를 따르라. 지금도 하나님의 목소리를 들을 수 있는 사람들에게는 복 받을 시간이 남아 있다."(욥 1:21)

두 갈래 길을 두셨으니 복을 받는 길과 화를 받는 길이 있다. 하나는 생명으로 하나는 사망으로 가는 길이 있으니 선택을 하라.

· 모든 생명(씨, 나라)들이 힘으로도 능으로도 할 수 없으니 만든 것 신상과 병기와 편당을 내던져 버리고 하나님 앞에서 모두 지배 세력 없이 인류가 함께 잘 살아야 한다.

· 公義를 구하며 인자를 사랑하며 겸손히 하나님과 동행하며 의리의 밝은 빛을 발하라.

· 아름다운 소식을 전하고 화평을 전하는 자의 발이 산 위에 있도다.

· 여호와는 선하시며 환란 날에 산성이시다.

· 변론과 분쟁은 공산주의와 민주주의와 모든 정당과 편당의 산물이다.

· 혹이 너희에게 고할지라도 너희가 도무지 믿지 아니하리라.

日月光明隱居人 人傑來去回光陰(일월광명은거인 인걸래거회광음)

富貴功名棄世榮 不滅長生願眞人(부귀공명기세영 불멸장생원진인)

· 나로 높은 곳에 다니게 하심은 나로 의롭게 행하게 하심이라.

· 삯군은 못된 종교 지도자들이다. 가나안 사람은 장사하는 자들
이니 저주받은 자요 탐리하는 자들이다. 도적은 자기를 향하여 나
는 도적이라 말하지 않는다.

· 사랑과 온유 겸손과 公義를 찾으라.

· 남은 자들은 악을 행하지 않고 거짓말을 하지 않고 입에 궤휼한
혀가 없고 먹으나 누우나 놀라게 할 자가 없다.

· 살리는 자가 되라. 살리는 자가 살게 되고 죽게 하는 자가 죽게
된다.

· "악인들에게는 두려움으로 의인들에게는 기쁨으로 진동시키신
다." (학 2:6~9, 히 12:26~29 참조)

마음을 公義로우신 하나님께로 돌리라.

· 지배 세력인 열국의 집권자들을 없이 하시는 단의 심판이 가까왔다.

· 잘못된 마음과 말과 행사를 고치시는 일을 계속하신다.

· 자신을 정결케 하고 신상을 버릴 것이며 행위의 옷을 바꾸라. 그날에 많은 나라가 하나님의 자민이 될 것이라.

· 교훈과 심판이 작은 일의 날이라고 멸시하지 말라.

· 감람나무는 진리의 성령으로 보내심을 받은 사람이니 거룩한 행실로 하나님 앞에 선 사람이다.

· 하나님의 영원하신 의로 결합하여 영혼의 주 하나님과 동거 동행한다.

하나님께서 행하시는 모든 일이 公義로우시다.

· 악인으로 악을 갚게 하시고 의인으로는 악에 손을 대지 못하게 하신다.

· 생수는 사람의 영혼을 즐겁게 하는 하나님의 말씀(교훈)이시다.

· 형제는 교훈하되 자기 자신은 교훈하지 못하고 사람으로 거룩한 행실로 인도는 하면서 스스로에게는 그 권능이 없는 지도자들은 모두가 상인들이니 이들이 가나안 사람들이다.(슥 14:21)

· 아버지의 것을 도적질하는 아들은 아버지를 사랑하는 아들이 아니다.

· 자녀들은 내 집을 출입하는 빈객이다.

· 나라(씨)는 살리는 자의 것이고 땅을 상속받는다. 창세로부터 예비된 나라(씨)는 생명(빛)이며, 각각 의를 행할 줄 아는 사람들과 같이 거하시는 하나님의 사랑이다.

병기 없는 나라가 부국이며 군대 없는 나라가 강국이 된다. 열국의 열왕들은 병기로 싸워 강병빈국을 만들지 말고 公義로 싸워 부국강민이 되게 하는 지혜를 발휘하라!

· 성령은 하나님의 말씀 안에서 하나 되게 하시는 권세와 능력이시며 진리로 화목하게 하시는 능력이시다.

· 하나님의 말씀 천도(天道)는 인간 사회에 빈틈없이 적용되고 있으며 그 누구도 그로부터 벗어날 수 없다. 싸우지 않고 승리를 거두

고 명령하지 않고 복종시키며 부르지 않고 오게 하며 조용히 있으면서도 모계(謀計)를 꾸민다.

· 혈육의 권세는 탐욕의 나라이며 성령의 권세는 생명(빛)의 나라이다.

· 높임을 받지 말고 위로를 적게 받으라. 자민(子民)에 의한 자민을 위한 자민들의 정권은 이 땅 끝과 저 하늘 끝까지 이루어진다.

· 시한부 재림을 말하는 자들은 미혹하는 영으로 생명의 밝은 길을 막고 어둡게 하고 미혹하는 자들이다.

· 제사의 목적은 후손들의 화목함에 있으며 하나님을 기쁘시게 하는 추념식은 후손들에게 조상의 유훈을 전승하고 생육하고 번성하여 땅 위에서 公義를 일삼도록 하는 것이 합당한 일이다.

세계의 열국들은 군사력으로 침공하여도 안 되고 물자나 금융으로 침탈을 해서는 결코 안 된다.

· 公義를 건설하려면 잡다한 종교를 수용하여 민족의 정기를 저하시키고 화친과 화목을 도모하지 못하게 하여 대대로 고통을 받게 하는 일이 없어야 한다.

· 창조 본래로 고치심이 아버지의 뜻이요 마음과 말과 행사가 公義
에 도달할 때까지 치료를 계속하신다.

· 지배 세력은 자연인이 아닌 법인들이 우상으로 등장한다. 자연인만
이 公義를 행할 수 있고 그들에 의해서 公義가 건설된다.

· 우리가 하나님의 나라(씨)로 세상에 보내심을 받은 것 같이 전도자
도 이 시대에 그 나라로 이 세상에 임한 줄 아노라.

· 하나님의 주권은 처음부터 하신 말씀이 바른 교훈과 선하신 말
씀으로 자기 백성을 살리시고 보존하시고 평안하게 인도하신
다.(1990. 5. 8)

· 행동하는 의가 없는 것이 변질된 믿음이다.

**입술로는 하나님을 부르나 그 심성은 함께 거할 수 없으니 그리스도는 더
욱 알 수 없는 것이다.**

· 한 사람이 公義로 싸우는 길이 천만인이 불의로 싸우는 길보다 더
위대한 것이다.

· 公義로운 길은 개방주의로 자민을 위한 자민에 의한 자민들의 정

치가 천민정치의 완성이다.

· 세계는 한 나라로 영원한 빛을 비추는 한 민족과 한 형제로 한 선생에게 인도를 받는 나라로 행진을 같이하자.

· 단체와 조직이 하나 생기면 운영 관리하는 인적 · 물적 자원을 필요로 한다. 그것이 세력이 되고 권세가 되고 공권력과 대권이 되어 압박하는 힘의 행세가 되고 돈과 겹치게 되면 우상이 되어 거꾸로 가면서 바로 가는 것으로 착각을 하게 하는 것이다.

· 생영들이 오고 가는 영원한 땅에 충만한 것 모두가 주의 것이다.

· 어둠이 싫어서 해를 향하여 돌아가는 지구는 정직하다.

영혼의 세계는 사람 안에 있는 생명의 나라이다.

· 公義는 자기의 유익을 앞세우지 않고 이웃과 형제의 권익을 앞세우는 것으로 완성되고 성취된다.

· 정치 경제 출입국 완전 개방이 없이는 살아갈 수 없고 公義가 시행되지 않으면 훼멸이 있을 뿐이다. 귀 있는 자는 들으라.

· 하나님께 예배하는 자들은 거룩함으로 화목하라. 화목하는 것이 거룩한 것이다.

· 公義를 말하지 않고 행하지 않는 것이 하나님을 미워하는 일이다. 하나님을 미워하는 일은 지난날로 족하라.

· 사람들의 생명이 빛이다. 생명을 보전하는 것을 덕으로 하고 보생왈덕(保生曰德) 생명을 돌아보는 것이 의이다. 권련왈의(眷戀曰義) 총칼을 손에 잡고 생명을 돌아보는 것은 기망이요 公義가 될 수 없다.

· 어제의 잘못을 오늘 고치고 오늘 잘못을 내일 고칠 마음의 준비가 없는 백성들이여!

지으신 모든 것을 인류와 만물에게 주셨고 오직 公義만을 요구하시는 하나님께서만 온전하시고 거룩하시고 公義로우시다.

· 생존권은 그 누구에게도 해를 받아서는 결코 안 된다.

· 율법과 은혜와 公義는 하나님의 형상에 도달하도록 치료하시는 단계이다. 公義는 인류의 마지막 도표이며 교훈이다.

· 나라는 살리는 자들의 것이다. 나라(씨)는 땅을 상속받는 것이다.

창세로부터 예비된 나라는 해보다 더 밝은 영원한 생명(빛)이며 각각 의를 행할 줄 아는 사람들과 같이 거하시는 하나님의 사랑이시다.

· 국가도 정부도 모두가 국민들의 것이다. 국민의 것을 공공복리를 이름하여 처분권자의 의견도 묻지 않고 법으로 빼앗는 행위인 강제 수용은 강탈이며 압박이니 이것이 짐승들의 행사인 것이다.

· 자녀와 백성을 징계하심은 종말에 가서 구원이 복되도록 하시려 하심이시라.

· "너는 이 백성에게 나가라! 너와 함께하리라." (1955)

"너는 왜 나보다 자녀와 아내를 더 사랑하느냐? 때가 되면 하나도 남기지 않겠다."

· "자녀와 집에서 살림하는 것도 즐겁지만 나가서 처녀(신부)들과 함께 다니는 것은 더욱 즐겁다." (1959. 11. 10)

· "한 교회에 신부 자격이 있는 사람이 몇이나 있을까 모르겠다. 다니면서 찾아보아라." 말씀을 하셨으나 없느니라. 영혼이 순결하고 정직하여 탐욕을 버린 자가 하나님께서 찾으시는 신부이다. 성령의 말씀은 보내심을 받은 자가 신랑이며 그 말씀을 사랑하는 자들이

처녀요 신부이다. 신부들은 세속에 물들지 않고 탐욕을 버리고 악을 떠난 자들로서 하나님을 경외하고 신랑을 기다리는 신부로 그리스도를 바라고 기다리는 자민들이다. 말씀 안에서 영혼의 순결과 정직으로 준비된 자들이 그리스도를 만날 수 있다.(1967. 9. 10)

· 이겼습니다. 하고 집을 웃으며 나섰다.(1959. 11. 11)

· 화친천민(和親天民) 애호형제(愛護兄弟) 자녀축복(子女祝福)하는 자민회(子民會)(1970. 9. 16, 10시 41분)

· 다가는 우리 조상 다윗의 나라는 임하는 나라이다.

· "세례요한 때부터 지금까지 천국은 침로를 당하나니 침노하는 자는 빼앗느니라." (마 11:12)

"세상에서는 너희가 환란을 당하나 담대하라. 내가 세상을 이기었노라." (요 16:33)

· 하나님의 나라는 큰 자들이 어린 자들을 섬기는 나라(씨)이다.

· 천국은 작은 자가 큰 자를 섬기지 않는 즐거운 나라(씨)이다.

· 천하만국을 보전하는 것은 하나님의 본래의 뜻이요, 천하만국을 망하도록 하고 멸망받도록 하는 것이 욕심쟁이 거짓말쟁이요 모아 쌓는 욕심을 이루는 마귀들의 장난이다.

· 마귀는 탐욕쟁이를 말하고 욕심쟁이와 거짓말쟁이를 말한다.

· 사람이 육체의 병은 고침을 받으려고 하면서 패역한 심령과 말(神)과 행사는 고치려고 하지 않는 인간들은 깨닫지 못하는 짐승과 같은 것이다.

· 우상으로 배역하지 말고, 병기로 강포하지 말고, 제 자의대로 빼앗지도 말고 자기와 편당의 위로를 크게 하지 말고 많게 하지 말아야 형제를 살리고 또 지기가 산다.

율법으로 죽으셨으며 은혜로 값없이 살았으니 율법을 세우신 분도 하나님이시요 은혜를 베푸신 분도 하나님이시라. 이제 마지막 교훈으로 심판을 베푸심은 산 자와 죽은 자가 하나님의 가르치시는 교훈을 받는 자와 받지 않는 자가 구별되어 公義만 쫓는 자와 公義를 쫓지 않고 불의를 쫓는 자가 구별되는 것이다. 이는 선악을 분간하실 줄 아시는 하나님의 사랑이요 그 크신 이름의 권능이시다. 하나님의 이름과 하나님의 말씀대로 뜻을 이루시는 소식을 알려서 새 하늘과 새 땅을 전하는 것이다.

· 창세 후로 예비된 나라(씨)를 적은 무리가 땅을 상속받는 것이다.

· 이름을 주어서 부르짖게 하시고 숨을 쉬게 하신 것은 그 이름이 汝
  呼我시오 이는 극히 좋은 일을 간단없이 행하시는 하나님의 이름이
  시다.

· 하나님은 창조하신 때부터 열심으로 교훈하신 만왕의 왕이시다.

· 하나님을 아는 것은 公義를 아는 것이요 公義를 아는 것은 하나님
  을 아는 것이니라.

· 公義는 창조하신 하나님의 가장 좋은 빛이시라.

· 하나님을 알지 못하면 公義가 안 되고 公義를 행할 수가 없다.

**사람의 행사가 하나님께 권능을 받아서 公義를 행하면 기쁘고 즐겁다. 公
義는 자비도 아니고 인애(仁愛)도 아니고 인의(仁義)도 아니어서 창조의 빛
곧 생명이니라.**

· 하나님의 이름과 그 말씀으로 기쁘게 행하시는 일을 알려서 온 세
  계 천하를 진동시키기까지 세계를 한 나라로 개판하여 온 천하에
  公義를 세운다.

· 빼앗으려 하지 않고는 빼앗기지 않을 것이며 주려고 하지 않으면

받지 못할 것임이니라.

· 公義를 행하는 사람은 고칠 병이 없느니라.

· "公義는 하나님의 지극히 높으신 주권(지혜)이어서 사람의 안력으로는 미치지 못할 것이며 하나님이 무슨 일을 하느냐고 할 자가 없느니라." (시 10:5)

· "왕의 능력은 公義를 사랑하는 것이라." (시 99:4)

· 사람이 왕이 될 수 없고 사람이 왕이면 사람이 하나님을 가르친다는 말이 되는 것이니라.

교황도 천왕도 여왕도 다른 군왕도 사람이면 모두가 다 형제니라.

· 하나님은 아무것도 사람에게서 빼앗지를 않으시며 만물을 다 사람에게 주셨을지라도 서로 아끼며 돌아보며 살리고 평안하게 하는 것을 사람에게 요구하심이 하나님의 뜻이요 생각이시다.

· 열방과 열족을 살리고 평안하게 하라.

· 왕권은 교훈하시는 하나님 외에는 없으니 형제는 형제들 위에 왕이

아니다. 열왕들은 이제 열국주의 정당을 버리고 내려앉으라. "이제 세상에 심판이 이르렀으니 이 세상 임금이 쫓겨나리라."(요 12:31)

· 열국의 열왕들과 열국주의 정당의 지도자들을 파하실 것이라.

· 왕은 우상들이며 사람 중에 높임을 받는 미운 물건이다.

· 낙원은 사람을 살리고 아끼는 곳이니 자랑도 없고 원망도 없고 속임도 없고 탐심도 없고 강포와 빼앗는 법이 없으니 모아 쌓는 법이 없으며 죄와 상관이 없는 곳이다.

죄악을 없이 하시려고 하나님께서 세상에 그리스도를 보내셨다.

· 하나님의 전이 교회당을 칭함이 아니다. "여호와의 전이라. 하는 거짓말을 믿지 말라."(렘 7:4)

· 하나님의 뜻대로 세계 평화가 얻어졌을 때는 생각을 달리하는 모든 나라가 합일이 되어지며 한반도가 독일이나 중국까지 모두가 합일이 된다.

· 일본을 사국(四國)으로 분단시킬 것이라.

· 강성하고 패망 받지 말고, 부성하고 파멸을 받지 말라. 이는 사랑을 잃어버렸음이라.

· 뺏으려 하지 않고는 뺏기지 않을 것임이요 주려고 하지 않고는 받지 못할 것임이라. 이것이 진리이다.

· 하나님의 백성 그 나라(씨)는 하나님을 사랑함으로 죄와 상관이 없고 악과 관계가 없이 하나님의 사랑을 받아 새 백성으로 보전되는 그들이다.

하나님은 알되 公義를 모르니 하나님을 모르는 것 같고, 公義를 모르니 하나님을 사랑하지 못하는 것 같다. 살리는 것이 公義다.

· 심판은 公義로 하시며 기뻐하시는 뜻대로 하신다. 심판의 목적은 형벌이 아니고 생명을 살리고 아끼고 돌아보며 보전하여 경외하도록 교훈하심에 있다.

· 신국은 온 땅 위에 있으니 존귀한 생명을 불태우는 탐욕의 불속에서 존귀한 생명을 불태우지 않는 자마다 누리게 되는 곳이다. 영생하시는 아버지의 나라(생명)는 영원히 땅 위에 있도다.

· 유일하신 하나님의 지혜는 소수가 다수를 복종시키는 사람의 지

혜도 아니고 강포로 전체를 복종시키는 짐승의 지혜도 아니다. 오직 큰 자가 어린 자를 섬기고 편안하게 하는 것이다.

· 새 마음은 순결 정직하여 굳은 마음을 제하여 버리고 부드러운 심성을 갖는 것이다.

· 새 질서는 정직하여 어둔 길을 환하게 밝히는 것이다.

· 새 역사는 탐욕 없이 불의를 제하여 버리고 公義를 건설하는 것이다.

하나님께서 모든 사람을 영의 자녀로 내시고 살리시며 각자가 마음에 스스로 범죄하지 않고 회개할 것 없는 심령의 참된 사람을 찾아 기뻐하고 즐거워하신다.

· 여호와는 사람들의 장막 집에 함께 거하신다.

· 나무마다 하나님께서 내시지 않은 것이 하나도 없다. 세상에는 이런 나무도 있고 저런 나무도 있다. 나무마다 각각 이런 열매와 저런 열매를 맺을 것이요 그 열매로서 나무의 좋은 것과 좋지 못한 것을 알 수 있다.

· 세례를 받고 받지 않음은 관계할 것이 없다. 이는 하나님은 의문의

하나님이 아니시요 은혜와 진리의 하나님이시기 때문이다.

· 마귀는 배고픈 현실에 악한 자기 심령이 어둡게 작동하여 육체를 따라 살도록 이르는 명령자이다.

· 의는 예의 단정한 것이다.

· 의의 거하는 바 새 하늘과 새 땅은 세상 나라가 아니고 생영들로 하나님의 주권과 왕권으로 그 나라를 삼으신다.

영광은 부활이니 생명을 감싸고 있는 우리들의 육체이다.

· 예수를 믿는 것은 사람을 선대하고 귀하게 여기는 것이다.

· "네가 가는 길이 너무커서 사람들이 받아들이지 못한다." 도대막 용(道大莫用)

· 예수는 육체로 계실 때 어둠이 없고 모진 곳이 없이 생명이 충만한 삶을 살았다.

· 교훈을 받지 않는 자들이 죽은 자들이니 듣는 자는 살아나리라.

· 영혼의 세계를 한 나라 한 민족 한 형제같이 교훈을 하신다.

· 사도바울이 "너희 중에 편당이 있어야 너희 중에 옳다 인정함을 받은 자들이 나타나게 되리라." 언급한 말을 잊지 말라. 편당을 갖고 교파를 갖는 것은 자기를 세우는 것이니 편당을 없이 하라.

형제와 이웃을 아끼고 선대하는 것이 公義를 행하는 것이다.

· 하나님께서 인자로 하게 하시는 심판은 보는 자로 보지 못하게 하고 보지 못하는 자로 보게 하신다.

· 새 하늘과 새 땅을 전하여 公義를 베풀어서 만국에 천국 소식을 전한다. 의인들은 땅에서 公義를 일삼으며 복을 다스리고 악인들은 불의를 일삼고 죄를 다스리며 저주를 받고 公義로 훼멸된다.

· 하나님의 선하신 다섯 마디 말씀이 사람들의 일만 마디 말보다 위대하다.

· 하나님을 정직한 시민 생활과 선한 행사로 경배하고 예배하라.

· 우리 자민들의 현실은 하나님의 말씀보다 앞설 수 없어야 한다. 말씀은 이상이 아니고 현실이기 때문이다. 굼벵이와 매미를 생각하

여 보라. 公義를 듣지 않는 귀먹어리, 公義를 말하지 못하는 벙어리, 公義를 행하지 못하는 절름발이가 되지 말라.

· 내가 복 받도록 교훈하리라.

성령은 곧 진리이시니 公義를 행하며 하나님의 지혜와 능력으로 범죄하지 않고 회개할 것 없게 하시는 말씀이시다. 열국들아! 정당 없이 자유로운 통계관리 정부를 가지라.

· 하나님 앞에서 선을 행하며 公義를 행하는 것이 아버지의 나라에서 이윤을 남기는 것이다.

· 신랑은 영혼을 사랑하시는 하나님의 말씀을 가지고 오는 사람이다.

· 내가 너희에게 새 계명을 주노니 "너희는 서로 속이지 말라." 속이지 않는 것이 사랑하는 것이다.

· 율법은 사람을 죽게 하는 법으로 다스리는 것이요 은혜와 진리는 公義와 사랑으로 복을 다스리는 것이다.

· 사람의 악한 다수가 소수를 지배합니다. 민주주의의 소리가 이겼다 합니다.

· 인자 되신 예수는 평화의 왕이시며 만국의 보배다.

"낙원이 가까왔다. 범죄하지 말고 회개할 것 없다." (요1 3:1~10 참조)

· 도무지 믿지 못할 일이라도 복을 받을 귀를 가진 자들은 듣고 살게 된다.

· "명령은 등불이요, 법은 빛이라. 훈계의 책망은 곧 생명의 길이다." 어두운 세상을 환하게 비추는 등불 公義는 만민의 빛이요 정오의 빛이다. 세상을 비치려고 보내심을 받았으면 숨길 것이 없고 세상에 나타내려고 보냈으면 감추어야 할 이유가 없는 것이다.

· 시루 속에서 열매 없이 머리를 숙이고 물만 먹고 자라는 콩나물보다 땅속 깊이 뿌리를 내린 한 그루의 콩나무가 되어 하나님의 사랑을 받으라!

· 종자는 당장 손해를 보는 것 같지만 30배, 60배, 100배의 결실을 거두게 하심을 생각하고 하나님께 받는 복을 생각하라.

· 하나님께서는 예배당에서 경배를 받으시지 않으시고 정직한 시민 생활과 정직한 마음과 행사로 드리는 예배를 받으신다.

· 하나님의 나라는 죽은 후의 세계가 아니라 생명의 빛으로 세상에 임하는 것이다.

깨어 있는 자는 公義를 행한다.

· 만물을 내시고 기르시고 사랑하시는 하나님의 公義는 정직하신 빛이시다.

· 하나님의 公義와 심판은 빛과 어둠의 바꿈이다.

· 빛의 자민들은 원수를 사랑하고 선대한다.

· 십일조보다 중한 것이 公義다.

· 탐심은 영혼과 육체를 함께 불태우는 영원히 꺼지지 않는 지옥의 불이다.

· 탐심을 갖고 사람을 귀엽게 여기는 법은 없다. 범죄하지 않고 회개할 것 없는 마음속에 있는 나라가 천국이다.

어린아이의 심성으로 사는 자가 복 있는 자이다.

· 진리로 거룩(화목)할 수 없는 사람들은 인자가 올 때에 믿음으로 받아들일 수 없다.

· 애국가로 하나님을 찬송하는 백성답게 생각하고 말하고 행동을 할 수 없는가?

· 영생하시는 하나님 앞에서는 모든 사람이 살아 있다.

· 모든 사람에게 선대하시는 하나님의 公義(사랑)를 설명한다. 公義로 교훈하시는 하나님께서는 복을 다스리시는 만왕의 왕이시다. 저주를 가르치는 자와 복을 가르치는 자는 구별된다.

· 믿음은 말씀을 듣고 시인만 하는 것이 아니고 그 말씀대로 행동하는 것이니 삶이다. 이것이 의인은 믿음으로 살리라 함이라.

· "가라! 가라! 가라! 살리는 약은 품호도 있고 불호도 있다."

내가 성인의 온유한 교훈과 젖줄로 여물어 가나이다.

· 나는 영혼의 세계를 한 형제와 같이 심판하는 公義로운 빛이다.

· 심판은 발하는 빛과 같다.

· 사람의 생명은 영혼의 등불이다.

· 은혜와 진리로 선한 빛을 발하라.

· 형제들에게 선한 말로 선한 일을 일삼고 귀하게 여기며 선대하는 것이 예수와 같이 하나님께서 기뻐하시는 일을 행하는 것이다.

· 평화를 입으로 말을 하면서 전쟁을 지도하고 일삼는 자들이 마귀요, 살린다 말하면서 죽는 길을 택하게 하는 것이 사탄이며, 살린다 말하면서 죽이는 행사를 일삼는 자들이 미혹을 하는 영들임을 알린다.

새 계명을 내가 이 시대에 주노니 내가 너희를 속이지 않은 것 같이 너희도 "서로 속이지 말라."

· 성령으로 행하는 자들에게는 탐욕이 없다. 탐욕은 혈육의 권세요, 성령의 권세는 생명이다.

· 진리에 속한 자들이 내 말을 듣는다. 진리의 법은 사람이 변역(變易)할 수 없으며 법인 같은 것은 없는 것이고 모든 책임과 의무는 자연인으로부터 시작이 되고 자연인에게서 끝난다.

· 의인화된 법인은 존재할 수 없다. 오직 자연인만 존재한다.

· 심판자는 먹이는 자요 교훈하는 자이다.

· 교훈에 굶주린 자들이여! 생명의 떡 마지막 새 교훈을 받으라! 밤이 새고 날이 밝아지면 짐승들은 굴과 암혈로 도망치나니라.

· 하나님께서는 지극히 작은 것 하나라도 의로운 열매를 요구하신 다. 하나님의 인자는 말도 행사도 아름다워야 한다.

사람이 아름다운 열매 없이 잎만 무성하고 꽃만 피우다 가려는가? 열매 맺는 백성이 되라. "내가 너희에게 이르노니 하나님의 나라를 너희는 빼앗기고 그 나라의 열매 맺는 백성이 받으리라." (마 21:43)

· 사람의 마음속에 公義로운 해가 떠오르면 자기 마음속에 짐승의 어두운 세력이 떠나간다. 강포, 탈취, 속임, 원망, 자랑과 교만한 마음을 모두 버리라.

· 선악이 교류하는 마음의 상태에서 행위의 열매를 먹고사는 자들은 정녕 죽는다.

· 모든 사회악에 협력하지 않는 것은 살기 위한 인간의 公義로운 선

한 활동이다.

· 선한 데 지혜롭고 악한 데는 미련하기를 원하노라.

· 믿음이 없으면 소망이 없고 소망이 없으면 사랑할 수 없다.

· 율법으로 죄를 달아 본다. 매를 때릴 것인가? 죽일 것인가? 죄의 권
능이 율법이다.

나의 구하는 것은 재물이 아니다. 착하고 선한 일을 넘치게 하라.(시
50:12~15 참조)

· 좋은 일을 많이 하고 가는 그리스도의 신실한 종이 되라.

· 아버지와 아들 사이에는 율법 없이 은혜와 진리와 公義와 사랑이
있을 뿐이다.

· 율법으로 싸우는 자들은 행함이 없는 자들이다. 율법은 무겁고
수고로운 짐이 될 뿐이니 저주 아래 있음이라.

· 하나님께서는 나와 관계가 없는 자로 여기심을 받지 않으신다. 절
대적으로 상관하시고 간섭하시는 분이시다. 결코 속임을 받지 않으

신다.

· 율법의 십계명과 은혜의 십자가는 서로 맞부딪쳐 폐하셨고 하나님
은 모두 살리심으로 진리의 도는 公義로 새로 건설하신다.

· 새 사람은 올바르고 거룩한 삶을 살며 公義로운 생활을 하는 사
람이다.

생영들은 하나님의 기업이신 백성이니 인자들이며 자민들이다.

· 형제가 형제를 대적하는 것은 부권(父權)을 거부하는 행사이니 원
망하는 형제가 쫓아오면 도망할 것이라.

· 우리 사이를 분간하시는 분은 오직 하나님뿐이시다.

· 하나님의 장막 집 사람의 육체 안에 하나님의 영광으로 사는 것이
그리스도이시다.

· 선한 목표를 정하고 나가는 아들의 앞을 가로막지 않는다.

· 탐욕의 불을 끄고 지옥의 권세에서 벗어나라. 철학과 헛된 속임수
로 노략질을 하지 말고 노략질을 당하지 말라.

· 하나님의 영광의 처소를 더럽히지 말라.

사탄은 분리주의자요 복을 받지 못하게 하는 자이다.

· 우리 하나님께서는 믿는 자 속에서 역사하신다.(빌 2:13~16 참조)

· 남은 자는 착하고 좋은 마음으로 말씀을 받아서 인내로 지켜 열매 맺는 상속자이다.

· 천사장은 公義를 기뻐하시는 하나님의 뜻을 행하는 사람이다.

· 믿음은 모든 사람의 것이 아니다.

· 행한 대로 갚으시는 것이 하나님의 公義이다.

· 선악이 교류하면 선한 것이 되지 못한다. 기름에 물을 타면 기름인가? 물인가? 기름으로 물로도 쓸 수 없는 것이다.

성인들의 온유한 교훈은 젖줄과 같은 것이다.

· 하나님을 믿으라! 자기보다 강한 자를 부르는 것이 자기를 생각하는 일이다.

· 율법은 창세의 근본이 되지 못하는 불완전한 모형이다.

· "죄악과 상관없는 자를 모으고 거두려 죄와 상관없이 두 번째 다시 오신다."(히 9:28)

· 서로 돌아보고 사랑과 선행으로 격려하라.

· 만일 더러운 물과 교류하면 맑은 물이 아니다. 재물이 없어도 물만 가지면 깨끗하다 하셨느니라.

· 교회가 재정을 늘리는 것은 탐욕이다.

교훈하시는 하나님의 심판과 발하는 명령의 등불로 온 세계 천하를 진동시키신다. 진동은 무서움과 두려움으로 변동되지 못할 근본으로 돌아감이다. 진리의 말씀으로 온 세계 천하를 진동시키실 것은 변동치 않는 영원한 나라로 하신다.

· 열국의 열왕들은 지배 세력 없이 자유유통 통화관리 정부로 모두 바꾸라. 기존의 모든 질서를 유지 보존하면서 깨닫는 민족은 하나님의 주권과 보전권을 인정하는 것으로 세금은 백분의 일의 통화유통세로 자유경제 체제를 시행하고 나라들이 통계관리 정부를 운영하게 하여라.

· 왕은 살리는 자요 죽게 하는 자가 아니다. 하나님의 나라에는 두 민족이 있을 수 없다. 죽음이 없고 모두 살리시는 것이 하나님의 법이며 公義다.

· 우상과 신상을 모두 내던져 버리라. 살기 위하여 살리기 위하여!

· 강포하고 피를 흘리게 하는 모든 병기를 버리라.

· 지배 세력으로 집권하는 정당과 모든 편당을 없이 하라.

· 군대를 해산하고 행정군을 편성하여 국무를 처리하게 하고 일정기간 봉사하게 한다. 관리제와 공무원제를 지향하고 봉행군(奉行軍)의 급여는 일정하게 입히고 먹이고 거처하도록 하고 대학을 봉행군에서 완성하게 하라.

지도자는 자기 산업과 기업으로 세비와 생활을 도모하게 한다.

· 책임 있는 통계관리 정부로 각부 지방별로 행정원(行政苑)을 선정하고 유역과 유통을 자유하게 한다.

· 하나님께 받은 것 없이 줄 수 없고, 주는 것 없이 하나님께 받을 수 없다.

· 마귀를 대적하고 하나님께 복종하라.

· 모든 욕심과 탐욕은 사회 질서를 파괴하고 자신을 사망하게 한다.

· 말씀(교훈)을 듣고 실행하는 자는 자유인이다.

· 모든 사람은 살아 있는 영혼으로 기뻐하는 생명의 신들이며 생명의 귀한 열매를 맺는 푸른 감람나무이다.

모든 사람은 하나님의 나라(생명)들이다.

· 公義는 모든 사람을 살리시는 하나님의 능력이시다.

· 창조의 처음에는 지배자의 권세나 세력 잡는 자가 없었다.

· 내가 이 소식을 전하지 않으면 어찌할꼬 살리시려는 것이 전도자로 하게 하시는 일이시다. 아버지께서 전도자로 하여금 온 세계 천하를 진동시키라! 하셨으니 내가 무엇으로 진동시키며 어떻게 천하를 진동시키겠나이까! 公義의 말씀으로밖에 할 수 없나이다. 아버지께서 이르시는 말씀을 아낌없이 거리낌 없이 담대하게 들려주어서 알리겠습니다.

· 속이는 제사는 살인하는 자의 것이고 정직한 제사는 살리는 자의
  제사이다.

· 입술로 은혜와 진리와 公義를 베풀고 지혜는 사되 팔아먹지 말라.

· 선을 행하고 선한 것을 본받으라.

이단은 정직하지 못하고 올바른 교훈을 베풀지 못한다.

· 우리의 생명(씨)은 하나님의 나라이다. 하나님의 나라는 사람을 귀
  하게 알고 선대하는 하나님의 법이 자기 안에 있는 자이다.

· 백성들을 세세토록 빛으로 보내시고 임하게 하신다. 끝까지 하신다.

· 의로운 행실의 열매가 없는 자와 생명의 빛을 발하지 못하는 사람
  들이 모두 죽은 자들이다.

· 백성을 살리는 의리의 용맹을 발휘하라. 백성들에게서 섬김을 받는
  열국의 열왕들은 이제 족하고 백성을 섬기는 종이 되어야 한다.

· 열국의 열왕들이 백성들의 종이 되어야 하는 이유는 백성들을 편안
  하게 섬겨야 하기 때문이다. 왕들은 평안하고 백성들은 삶의 전쟁에

나가니 지금의 백성들이 왕의 종이 되어 고통을 받고 있는 것이다.

· 죄악에 빠지지 않게 하시고 모든 사회악에서 뛰어나오게 하셨습니다.

성령의 말씀으로 행위를 옳게 하는 자들과 피로 땅을 더럽히지 않는 자 마음과 말과 행동을 정결하게 하고 양심의 깨끗한 옷을 입은 자들이 하나님의 자민들이다.

· 의인은 사람을 죽이지 않는다.

· 악이 악을 소멸시키지 못하고 천지를 짓지 않은 신들은 망한다.

· 公義로우신 손으로 만드신 하나님의 아름다운 땅을 더 이상 피로 더럽게 하지 말라.

· 모든 일을 즐겁게 기쁘게 유익하게 하시는 것이 公義다.

· 왕의 권세는 公義를 행함으로 생명을 살리고 죽지 않게 교훈하는 것이다.

· 정직하게 살리는 그리스도의 나라와 왕권은 세상 나라와 같이 속이고 속으며 잡아먹고 먹히는 나라가 아니다. 짐승들은 손이 없어

물고 찢는 이빨과 발톱만 있으니 탈취와 억압만 있다.

1981년 2월 27일 새벽 3시에 권세(權勢)와 수세(水勢)로 넘치게 하셨다.

· 전쟁은 하나님의 진노이며 우상들과 짐승들이 싸우는 싸움이다.

· 아버지의 뜻을 신속하게 먼저 행하는 자가 참 승리자이며 아버지와 항상 함께 사는 자가 이기느니라.

· 병기를 만들어 팔아먹는 나라는 망한다. 살려면 사람을 죽이는 악에서 떠나라. 公義를 행하며 말과 행사를 선하게 하라.

· 열방들은 우상과 병기를 신속하게 버리고 부국강민이 되라.

· 이웃을 해악하지 않고 정직하고 공평하게 의리를 행하는 것이 참 자유이다.

· 선악을 분간하시는 하나님의 지혜(사랑)와 公義를 만세에 비추라. 선한 자에게는 선대하시는 하나님의 사랑으로 악인에게는 그 행한 대로 갚으시는 것이 하나님의 公義이시다.

천지의 주재이신 하나님께서는 복의 근원이 되신 모든 생영들의 아버지이

시며 모든 영혼들의 남편이시다.

· 젖먹이의 입술로 권능을 세우시는 하나님께서는 세계를 公義와 공평으로 보전하신다.

· 강대국들은 무장을 해제하고 公義로 싸워서 자유와 평화를 이루어 믿음을 지키는 의로운 국민이 되게 하라.

· "노략을 당하되 구할 자가 없고 탈취를 당하되 도로 주라 할 자가 없도다."(사 42:22)

· 公義를 행하며 서로 사랑하라. 公義는 하나님 나라의 기초석이며 만민의 빛이며 정오의 빛이니 公義는 이 시대의 마지막 교훈이다.

· 지도자가 못 먹고 못 입고 못 살면 어느 누구도 지도자를 원망하지 않는다.

· 666은 솔로몬왕의 세입금의 중수이다. 짐승이나 다름없는 인간의 예산 체제 국가에서는 다양한 세목으로 목적세를 신설하고 인두세(주민세)까지 받아내서 탈취를 일삼으며 합법화하기 때문에 짐승들의 행위로 강병으로 빈국을 부르게 한다.

오는 우리 조상 다윗의 나라는 감사하는 국가 체제로 세제를 백분의 일의 통화유통세로 세제를 단일화하여 국민들을 편안하게 하는 나라로 부국강민으로 이끄는 체제임을 알리신 것이다.

· "너희 중에 죄 없는 자가 먼저 돌로 치라."는 예수님의 말씀에 가책을 받고 모두 떠났것만 우리의 현실은 돌을 던지는 자가 이렇게 많아진 것은 무슨 변고일까?

· 지도자가 없는 아픔도 크지만 우리의 현실은 자도자가 너무 많은 아픔이 더하다.

· 천국은 온 가족과 함께 갈 수 있는 길이기도 하지만 함께 갈 수 없는 길이기도 하다. 있으면 있는 것 때문에 없으면 없는 것 때문에 모르면 모르는 것 때문에 알면 아는 것 때문에 천국은 오로지 독행하는 좁은 길이다.

· 거짓된 자가 참된 자 같고 참된 자가 거짓된 자 같아 보이는 어두운 세상이다.

· 비들기의 순결과 기러기의 질서를 배우라.

· "나는 죽어도 내 안에 계신 성령의 말씀은 영원토록 살아 계시리

라. 이는 나와 합의하신 연고니라."

인류의 모든 족속을 한 혈통으로 만드사 온 땅에 거하게 하셨으니, 천지의 주재(主宰)이신 아버지의 나라가 땅 위에 세워지리니 하늘에 해가 하나이듯이 이 땅 위에는 여러 나라가 아닌 한 나라 한 민족 한 형제들이 있을 뿐이다.

· 빛은 어둠과 교류할 수 없고 어둠은 빛에 접근할 수 없다.

· 생명(빛)에 속한 자가 어둠(사망)에도 침범이 안 된다.

· 나보다 이웃이 더 잘 살아야 나도 잘 산다.

· 배역하고 반역하는 행위는 거룩(화목)하지 않은 것이다.

· 열국주의를 모방하고 따라가다가 패망받는 것보다, 각각 다른 열국주의를 버리고 하나님의 주권에서 사는 것이 좋으니라.

· 사람이 하나님으로부터 보내심을 받은 사람을 알지 못하면 하나님의 일을 못하느니라. 하나님을 믿는 것은 보내심을 받은 사람을 믿는 것이니 곧 그리스도를 바라는 일이다.

빛을 차단하면 어둠을 밝힐 수가 없다. 알면서 싫어하고 가리우는 행위는 악이다.

· 사람이 公義를 사랑하면 그것이 곧 하나님을 사랑하는 것이요 그리스도를 공경하는 것이 된다.

· 公義를 사랑하지 않으면 그리스도를 미워하는 것이요 하나님을 미워하는 것이다.

· 하나님을 사랑하는 사람은 公義를 행하고 하나님을 미워하는 사람은 公義를 사랑하지 않고 미워한다.

· 公義를 미워하면서 자기를 사랑하는 사람은 없나니 이런 사람은 자기가 자기에게 속는 자이며 스스로 죽은 자이다.

· 하나님을 사랑하고 그리스도를 공경하는 사람은 이웃을 나보다 더 잘 살게 할 것이며, 형제가 나보다 더 잘 살게 한다.

· 네 이웃을 네 몸과 같이 사랑하는 것이 公義와 하나님을 사랑하는 길(法)이다.

열방이 주의 땅에서 멸망하였나이다. 이는 내가 기도하였음이니라.

· 물물교환하는 시대가 빨리 달려오고 있다.

· 탐욕을 떠나서 악을 버린 사람의 개인주의의 극치(자유)는 민주주의의 완전 성취가 되는 것이라도 땅 위에는 아직 그런 나라가 하나도 없다.

· 반공은 전쟁을 낳고, 멸공은 평화를 낳는다.

· 고통이 없이 살리시는 하나님의 교훈은 패역을 치료하시는 좋은 말씀의 약이다.

· 사람이 교훈을 어디서 받든지 성령을 받으면 하나님의 가르치심을 받으니 하나님의 자녀가 되고, 인간의 탐심으로 교훈을 받으면 마귀의 자식도 되고 마귀의 아비도 되느니라.

· 한반도의 분단은 세계 통일의 전제가 되어 후제 평화는 한국의 역할이다.

버려야 할 것을 버리는 나라는 평화요 버릴 것을 버리지 않고 못 버리는 나라는 전쟁의 고통이 따른다.

· 나라가 망하고 국가가 패하려면 속이는 속셈이 바른 말로 들리게

되는 것이고, 바른 말과 정직하고 당연한 말을 옳지 못한 말로 받아들여야 패하고 망하게 되는 것이다.

· 저들이 아버지의 진리의 말씀을 떠나서 살리지 못할 것으로 살린다 하고 평안하게 못할 것으로 평안하게 한다 하오니 아버지의 의와 공평은 멀기만 하고 바른 길이 없으니 선한 말씀과 교훈이 없나이다.

· 탐욕을 떠나는 자가 없으며 악을 버린 자가 없으니 어두운 백성들이 하나님을 돈과 재물을 겸하여 섬기는 것입니다.

· 미, 러, 영, 불, 일, 중, 독은 무장을 해제하고 公義로 싸우라.

· 하나님의 교훈하시는 친정권은 생명길과 생명의 샘이다. 하나님의 친정권은 빼앗는 일과 빼앗는 법이 없고, 사람 중에 높임을 받는 우상이 없으며, 편당을 두고 정당을 갖고 자기의 편당과 정당의 위로만을 증대하고 증가시켜서 종복은 상전이 되고 주인은 하복이 되는 현상이 없으며, 병기가 없고, 가난이 없고, 사망과 슬픔과 탄식이나 한숨이 없는 곳이다.

· 이웃과 형제와 사람에게 차별이 있으면 공평이 아니다.

오고 가고 싶은데 오지 못하고 가지를 못하는 제한이 있고 차별이 있으면

公義가 아니다.

· 돈 가진 사람이 나라를 걱정할 수가 있어도 돈을 가지지 못한 사람이 나라를 염려를 못하면 신분 따라 차별을 받는 것이 되니 公義로울 수가 없다.

· 하나님의 싸움을 싸우는 그리스도의 재림은 公義를 베풀고 설명함으로 축복할 자는 축복으로 저주할 자는 저주로서 산 자와 죽은 자를 교훈하는 길은 내 안에서 말씀하시고 일하시는 아버지의 성령(神)이시다. 너는 이 백성에게 나가라! 너와 함께하리라 하셨음이라.

· 하나님의 싸움은 진리의 말씀 公義로 싸우시나니 진리의 말씀은 세상에 건설하는 公義이다.

· 태초부터 전하신 말씀은 선악과를 먹지 말라. 빛과 어둠이 교류되고 쓴 것과 단 것이 교류되고 선과 악이 교류하면 이는 곧 죽은 자이다. 하나님은 죽을 것을 죽은 것이라고 결과를 말씀하신다. "죽은 자들로 저희 죽은 자를 장사하게 하고 너는 나를 쫓으라."(마 8:22)함과 같다.

· 죄와 관계가 없고 상관이 없게 되면 살리고 죄를 버리면 산다. 이것

이 살리는 좋은 약이어서 하나님의 좋으신 말씀이시다.

· 자기가 자기 영혼과 육체에 대하여 하나님 앞에서 범죄하지 않고 사는 곳이 낙원이다.

자연인만이 정치를 하는 것이지 법인은 헌법에서 과감히 삭제하여 명문화 규정되어야 부당 권력 발생 안 된다.

· 열국주의를 모방하고 따라가다가 멸망을 받는 것보다는 각각 다른 열국주의를 버리고 하나님의 주권으로 사는 것이 좋으니라.

· 하나님은 사랑으로 심판하시고 교훈은 이제 마지막이요 청종하지 않는 백성을 公義로 훼멸하신다.

· 사람이 하나님께서 보내신 사람을 알지 못하면 하나님의 일을 할 수 없다.

· 하나님을 믿는 것은 보내심을 받은 사람을 믿는 것이니 곧 그리스도를 바라는 일이라.

· 하나님께서 세계를 친히 통치하신다. 이를 믿으라. 다윗의 자손으로 통치하시는 하나님의 나라(씨)는 영원하고 또 영원하리라.

· 말로 가르쳐서 범죄하지 않도록 발을 금하여 더러움에 빠져 들어가지 않으면 온몸이 깨끗한 것이다. 서로 죄에 빠지지 않도록 경계하고 권면하여 발을 씻기는 것이 믿음이다.

너희가 나를 하나님이 보내신 사람인 줄 아느냐 보내심을 받은 사람을 사랑하면 나를 사랑하는 사람이요 나를 사랑하면 나를 보내신 이를 사랑하는 것임이라.

· 이제 이후로 악을 행하지 않는 자가 하나님을 경배하는 자이니 이 사람에게 복이 있을 것이다.

· 강병빈국은 인간 나라의 패망의 원인이 되고, 부국강민은 아직 세계 중에서 어떤 나라도 없다.

· 세계의 거민이 의를 배우는 것이 심판이니 곧 사람들이 하나님의 사랑을 배우는 것이니라.(사 26:9~10)

· 하나님이 열국의 열왕들을 파하실 것은 열왕의 열국과 열방의 열국주의 정당이 하나님의 뜻대로 公義가 되지 못하니 파하실 것이다.

· 세계는 모두 살리는 자의 세계요 남기심을 받은 자들의 세계이지 죽게 하는 자들의 세계가 아니다.

· 公義는 너희가 사는 길에 하나님께서 요구하시는 길(法)이다.

사람은 사람을 가르치는 왕이 못 되고 왕이 될 수도 없는 것이요 왕도 아니다. 모든 주권은 태초부터 천지와 바다와 그 가운데 만물을 지으신 유일하신 하나님께 있다.

· 병기를 버리지 못하면 公義가 못 되는 것이요 빼앗는 법은 公義가 안 되고 편당을 갖고 公義를 행할 수가 없는 것이고 우상을 예배하고 경배하면서 公義를 말할 수가 없는 것이다.

· 公義는 병기를 파쇄하고 빼앗는 법을 파기하고 편당과 정당을 우상과 함께 버리는 것이다.

· 정권은 국민들의 공권이며 정부 관리자나 직임자의 고유의 전속물이 아니다. 그러면 주권이 공권으로 잠식된다는 점이다. 종속자가 주권의 상위로 등장된다면 하인은 상전이 되고 주인은 종이 되는 결과가 온다.

· 정권과 공공복리 복지사업이란 이름으로 국민의 재산을 법으로 빼앗고 돈으로 보상하는 것은 公義가 아니다.

· 땅이 어둠을 싣고 만물과 만민을 햇빛으로 인도하고 있다.

· 하나님은 만물을 지으시고 公義와 사랑을 간단없이 계속하시는 여호와이시며 여호와는 하나님께서 스스로 계심을 나타내시는 그 이름이시다.

"세계의 거민이 의를 배운다." 함은 복 받기를 배운다는 뜻이니 자기를 책망하는 사람을 사랑할 수 있는 사람이고, 자기보다 이웃을 잘 살도록 할 수 있는 사람이며, 형제가 나보다 더 평안하게 살 수 있게 하는 사람들이니 그리스도의 영이 있는 사람들이다.

· 한번 물어보자!
－편당이 있어야 좋은가? 없어야 좋은가?
－병기가 있어야 평화인가? 없어야 평화인가?
－사람이 만든 생명이 없는 우상을 생명 있는 자가 경배하고 공경했 으면 부끄러운 일인가? 자랑할 일인가?
－빼앗는 법(길)은 종들이 하는 못된 짓인가? 주인들이 하는 못된 짓 인가?
－각각 다른 열국주의를 따라가면서 세계 평화를 지도하고 주도할 수 있는가? 없는가?

· 하나님의 뜻은 만국과 만민을 모두 편안하게 살리시는 데 있다.

· 하나님을 잊지 말라. 잊어버리고 사는 그 시간이 미혹하는 자 뱀을

만나는 시간이다.

· 천무이일(天無二日)이요 지무이국(地無二國)이라. 해가 땅 위에 거하는 모든 사람들을 찾아가는 것이 아니고 땅의 어둠이 싫어 빛을 사모하며 사람을 싣고 해를 향하여 돌고 있는 것이다. 쉬운 말로 사람들이 햇빛을 향하여 간단없이 公義를 찾아가는 것이다. 선생이 제자들을 찾아가는 것이 아니고 생도들이 선생의 제자가 되려고 찾아가는 것과 같다.

· 피조물 가운데 가장 公義로운 것은 해이다. 해는 公義의 상징이다.

· "우상들은 온전히 없어질 것"(사 2:18)을 이사야는 왜 이렇게 장래를 내다보았을까? 하나님이 후래사를 보이신 것이다. 하나님은 홀로 교훈하시는 왕이시라. 사람은 아무도 그 누구도 왕이 아니다.

지극하신 사랑이 公義이시니 평안을 주시려고 하실지라도 사람들이 점점 더 악해만 가는도다.

· 나를 모태에 조성하시고 보내시고 택하시고 세우신 것은 열방으로 범죄하지 말고 회개할 것 없도록 마지막 교훈으로 살리시려는 열심 때문에 보내심을 받은 것이니 이는 하나님의 예정하신 것이요 설계하신 것이다.(창 49:16~18, 행 17:30~31, 사 11:1~16 참고)

· 하나님의 말씀은 진리로 거룩(화목)하게 하시는 능력이시다.

· 심판과 교훈과 책망으로 죽엄에 이르지 않도록 책망하고 교훈하는 것이 살리는 좋은 약이다. 내가 책망하지 않으면 세상과도 상관이 없게 되고 하나님과도 상관이 없게 되거니와 나로 할 수 없는 일을 하게 하시는 하나님이시다. 살리게 하신 것이 하나님의 일이시면 나로 살게 하신 것도 하나님의 일이시라. 나로 할 수 없는 일을 하게 하시는 분은 하나님이시다.

· 예수가 가르치신 교훈을 더 중히 여길 것이라.

· 문전에서 구걸을 할지언정 강포하여서 억탈하여 뺏는 일은 자기의 영혼을 위하여 해서는 안 될 일이다.

· 더 부성하고 강성하려고 하기 때문에 하나님의 公義와 사랑을 잊고 살게 되면 부성이 패망의 원인이 되는 것이고 강성이 파멸의 요인이 된다.

자기 부성과 자기 강성을 도모하게 되면 편당의 위로와 자기의 위로만 크게 하고 많게 할 줄 알면 백성을 섬길 줄을 모르게 된다. 그래서 말 탄 자로 뒤로 떨어지게 하여 뒤로 물리침을 받게 되는 것이다.

· 모든 주권은 하나님께만 있고 교훈하시는 왕권은 하나님께만 있는 것이다.

· 사람에게 높임을 받는 우상이 있는 곳에는 끝까지 전쟁이 있다.

· 公義가 되지 못하고 公義가 안 되고 公義를 행할 수 없기 때문에 전쟁이다.

· 하나님의 나라가 너희 안에 있는 생명(씨)들이다. 사람이 그 나라(땅)를 상속받는 일은 오늘과 같으며 내일과도 같은 것이며 또 어제와도 같은 것은 하나님의 변치 않는 사랑(公義)이시다.

· 하나님의 이름을 불러서 그 기뻐하시고 원하시는 公義만 쫓으라. 나는 하나님의 이름과 公義만을 말하고 하나님의 선하시고 정직하신 말씀만을 말할 것이다.

· 천지와 만물을 지으시고 사람을 내시고 기르시며 아끼시고 살려 보전하시는 하나님은 사람보다 더 지혜로우시니 "열방의 도모를 폐하시며, 민족들의 사상을 무효케 하시도다."(시 33:10~22 참조)

사람이 형제임을 알 때는 탐욕을 떠나서 악을 버릴 줄 아느니라.

· 하나님의 이름을 부르고 그 아들이 되신 예수를 공경하는 사람은 누구든지 公義를 행할 수가 있다.

· 빼앗는 자리에 앉자 있는 사람들은 귀신들이니 마귀도 되고 마귀의 아비도 되느니라.

· 하나님의 뜻대로 행할 줄 아는 사람은 公義를 사랑하고 公義만 말하고 생각하고 행하느니라.

· 公義는 그 크신 하나님의 사랑과 이름이시니 끝까지 알리실 것이요 나타내실 것이라.

· 국민으로부터 선택을 받은 자나 임명을 받은 직임자 모두가 국민의 정권과 국민의 정부를 관리하는 국민들의 하복(下僕)이요 종복(從僕)이지 상전은 아니다.

· 公義를 모르고 公義가 되지 않은 사람들이 국가 헌법을 백번 고쳐도 온전한 것이 없다. 사람은 거짓말쟁이이니까.

정신이 잘못되면 헌법이나 국법은 아무리 좋은 것이라 할지라도 종이조각에 불과하다.

· 법이 없이도 안 되고 법이 어려운 것이 많으니 법은 간편하게 만들어서 국민들이 모두 지키면서 살도록 하여야 하고 국민이 원하지 않는 법은 시행되지 않아야 된다.

· 법은 남자를 여자로 만들 수 없고, 여자를 남자로 만들지 못하나 모든 것을 만들 수 있다는 그 나라는 패망하고 끝까지 망하느니라.

· 세상은 종들이 상전의 자리에 앉아 있고 주인들이 하인처럼 된 세상이다.(전 10:7, 애 5:8 참조)

· 주인을 주인으로 알지 않고 상전을 종처럼 대하면 누가 하인이나 종을 집안에 두겠느냐? 사람을 아끼는 것이 公義요 정직한 것이 평화이다.

· 날을 정하사 세우신 사람으로 만방에 公義를 베풀게 하신 것은 살리고, 아끼고, 돌아보고, 보전하시려 하심이다.

· 하나님을 사랑하고 그 보내심을 받은 사람을 공경하는 것은 그 말씀하신 것을 지켜 행하는 것이다.

십자가를 지고 날마다 죽는다 함은 불편불기(不偏不倚) 사람을 믿고 의지하지 않기 때문에 받는 고통이다.

· 편당을 갖고 정당을 두고 사람과 짐승으로 더불어 싸웠으면 인자는 못 되는 것이고 인자가 아니다.

· 公義가 원수까지도 사랑하는 것이나 그 행사까지 사랑하는 것은 아니다.

· 모든 조합과 공사(公社)는 그 명목이 어떠하든 자연인의 생존권 외의 다른 법인단체는 권리도 의무도 주체가 못 되는 것이니 인정이 안 된다.

· 빛은 어둠과 교류할 수 없고, 어둠은 빛에 접근할 수가 없다.

· 생명(빛)에 속한 자가 어둠(사망)에도 침범이 안 된다.

· 잘못된 일은 실패의 원인이다. 다 같이 함께 고쳐야 산다.

자기 백성과 나라에 대한 무관심이 죄악이다.

· 하나님의 싸움은 다윗의 싸움으로 예정된 하나님의 설계이다.

· 성신의 말씀은 곧 보내심을 받은 신랑이요 그 말씀을 사랑하는 자들이 신부들이다.

• 사람의 생명을 아끼고 돌아보는 것이 하나님을 사랑하는 길(法)이다. 이것이 하나님께 대한 公義와 사랑이다.

• 자기가 행하는 일이 나쁜 일인 줄 알면서 사람의 의지와 노력으로 안 되는 자를 영적으로 문제가 있다고 한다.
• 公義로운 사람은 모든 사람에게 온유하고 겸손하다.

• 삼경지도(三經之道)
—敬天: 和親天民—경외함으로 악을 떠날 것이요.
—敬父: 愛護兄弟—敬父함에는 탐심을 떠날 것이요.
—敬夫: 祝福子女—敬夫함에는 순복하고 복종시켜야 한다.

하나님께 예배하는 자는 거룩함으로 화목하라. 화목하는 것이 거룩한 것이다.(시 29:2 참조)

• 사람마다 자기와 후대에 대하여 항상 생각하기를 자자손손 마음에 두고 있으니 저들의 후손이나 우리의 후손이나 마찬가지로 같아서 모든 생명을 보전하고 살리는 일은 자기와 후손을 살리는 일이 되고 동시에 영원히 보전하는 왕도이다.

• 하나님께서 사람을 내시고 기르시는 법을 알면 부성과 강성하는 법이 없이 번성케 하려는 행사에 이르는 것이다.

· 하나님의 법이 마음에 있는 자가 公義를 행하는 믿음이 있는 자이다.

· 어제의 잘못을 오늘 고치고 어제의 잘못을 내일 고칠 마음과 생각이 없는 백성들이여! 물이 없이는 고기가 살 수 없듯이 세상에서는 하나님의 말씀이 없이는 살 수 없다.

· 모든 나라가 公義로우면 평화로운 생명을 얻게 된다.

· 혹 종으로 살다가 상전이 되더라도 뽐내지 말아라.

의를 행하며 가르치고 연습시키는 사람이 승리자가 되게 하신다.

· 진리의 성령이 함께하심으로 마음과 말과 행사가 모두 선하고 평강을 얻게 된다.

· 아내를 지극히 사랑하는 남편은 아내를 의에 복종시킬 줄 알고 순복하게 하고 공대(恭待)하게 하는 남편이 아내를 제일 사랑하는 것이라.

· 사람의 생명을 아끼고 돌아보는 것이 하나님을 사랑하는 길이다.

· 내 진정은 하나님의 선하신 뜻 그 교훈하시는 심판의 말씀일 뿐이다.

· 편당을 두고서 잘 살 수가 있다면 만 개의 정당이라도 부족할 것이며 정당이 없어야 잘 살 수 있을 것이면 단 한 개의 정당도 많은 것이 아니겠는가?

· 公義로운 법이 시행되는 나라는 번성하고 公義로운 법을 가지고도 지킬 줄 모르는 나라는 파멸하게 된다.

사람을 해롭게 하고 죽게 하는 일은 어느 시대나 악한 자들이 먼저 했고 의롭고 착한 사람들과 좋은 사람들은 하지 않았다.

· "큰 자가 어린 자를 섬기리라." 하신 말씀은 참으로 진리의 거룩하신 아버지의 말씀으로 거룩(화목)하게 하시는 말씀이시다.

· 세계는 멸하려고 지으신 것이 아니요 내시고, 기르시고, 살리시고, 아껴서 보전하시려고 지으신 것임을 믿으라!

· 새 하늘과 새 땅은 새 백성을 일으켜서 죄와 상관없이 하시는 것으로 일하신다.

· 公義는 하나님의 창조하신 뜻으로 하나님을 사랑하는 지름길(법)이다.

· 하나님께서 굳이 요구하시는 목적은 평화이다.

· 한 시대를 사는 곤경의 언덕에서 하나님의 행하시는 일에 무관심한 자가 되지 말라.

"두려워 말라! 내가 너와 함께함이니라. 놀라지 말라! 나는 네 하나님이 됨이니라. 내가 너를 굳세게 하리라! 참으로 너를 도와주리라 참으로 나의 의(公義)로운 오른손으로 너를 붙들리라. 보라! 네게 노하던 자들이 수치와 욕을 당할 것이요 너와 다투는 자들이 아무것도 아닌 것 같이 될 것이며 멸망할 것이라."(사 41:10~12, 사 48:6~13, 45:27~8 참조)

· "너의 조상 아브라함은 나의 날 보게 될 것을 즐거워하였고, 마침내 보고서 기뻐하였다."(요 8:56)

· "내가 진정으로 너희에게 말한다. 많은 예언자와 의인이 너희가 지금 오고 있는 것을 보고 싶어 하였으나 보지 못했고 너희 지금 듣고 있는 것을 듣고 싶어 하였으나 듣지 못하였다."(마 13:17)

· 평화를 예언한 선지자는 그 예언자의 말이 응한 후에야 그는 진실로 汝呼我의 보내신 선지자로 알게 되리라.(렘 28:9, 신 10:22 참조)

· 하나님을 아는 것은 公義를 아는 것이요 公義를 아는 것은 하나님

을 아는 것이다.

· 하나님의 나라(씨)와 그 백성은 하나님을 사랑함으로 죄악과 상
관없이 하나님의 사랑을 받아 새 백성으로 保全되는 것이다.

· 公儀建設世界平和 强兵貧國 富國强民(공의건설세계평화 강병빈국
부국강민)

"내가 미리 말하였노라"

(마 24:25, 막 13:23, 요 13:19, 요 14:29 참조)

"이제 일이 이루기 전에 너희에게 말한 것은 일이 이룰 때에 너희로 믿게 하려 함이라."(요 14:29)

公義가 건설된 평화의 광장이 가장 가까운 길이면서도 한편 가장 먼 곳에 있으며 가장 넓은 길이면서도 가장 좁고 협착한 길이 되었다.(눅 13:24 참조) 서문에서 언급했지만 성서는 특정 종교와 특정인들의 전용물이 아니고 전 인류가 빨아야 할 생명의 젖줄입니다. 이것이 公義 談論을 엮은이의 생각입니다. 그리고 이스라엘은 지명이 아니고 곧 히나님께서 친 백성을 땅에 심으심(호 2:22, 렘 32:41 참조) 植民을 말씀하십니다.

독자의 이해를 돕기 위하여 태초에 설계하신 계획을 종과 선지자들에게 미리 말씀하신 메시지 내용을 소개하는 지면으로 엮은이가 활용하겠습니다. 이해를 돕기 위해 저자의 연대를 기록하였으니 참고하며 "숨은 것이 장차 드러나지 아니할 것이 없고 감추인 것이 장차 알려지고 나타나지 않을 것이 없느니라."(눅 8:17) 하신 말씀 대로 모든 것은 낱낱이 밝혀지고 여명의 등불은 밝아 오게 되어 있습니다. 그러므로 우리 모두 함께 간절할 마음으로 말씀을 받아들이고 이것이 그러한가 하여 날마다 성경을 상고한 베뢰아 사람들처럼 성경을 깊이 있게

상고해 봅시다.(행 17:10~29 참조)

　"그날에는 귀머거리가 책의 말을 들을 것이며 어둡고 캄캄한데서 소경의 눈이 볼 것이며 겸손한 자가 여호와를 인하여 기쁨이 더 하겠고 사람 중 빈핍한 자가 植民(이스라엘)의 거룩하신 자를 인하여 즐거워 하리니 이는 강폭한 자가 소멸되었으며 경만한 자가 그쳤으며 죄악의 기회를 엿보던 자가 다 끊어졌음이라."(사 29:17~20)

　"아침마다 깨우치시되 나의 귀를 깨우치사 학자같이 알아듣게 하시도다."(사 50:4) 하신 말씀에서 힘을 얻으십시요! 우리 하나님은 영혼의 세계를 통치하시는 영혼의 아버지이십니다.

장차 일을 예고한 메시지

너희는 태초부터 이루어진 일들을 기억하여라. 나는 하나님이다. 나 밖에 다른 신은 없다. 나는 하나님이다. 나와 같은 이는 없다. 처음부터 내가 장차 일어날 일들을 예고하였고, 내가 이미 오래전에 아직 이루어지지 않은 일들을 미리 알렸다. 나의 뜻이 반드시 성취될 것이며, 내가 하고자 하는 것은 내가 반드시 이룬다고 말하였다.

내가 동방에서 독수리를 부르고, 먼 나라에서 나의 뜻을 이룰 사람을 불렀다. 내가 말하였으니, 내가 그것을 곧 이루겠으며, 내가 계획하였으니, 내가 곧 그것을 성취하겠다.

내가 승리할 것을 믿지 않는 너희 고집 센 백성아, 내가 하는 말을 들으라. 내가 公義로 싸워서 이길 날이 가까왔다. 그날이 멀지않다. 내가 이기는 그날은 지체되지 않는다. 내가 시온을 구하고, 植民(이스라엘) 안에서 나의 영광을 나타내겠다.(사 46:9~13)

야곱의 유언에서
-BC 1445~1405년경 기록 추정

홀이 유다(찬송)를 떠나지 아니함이여 법관의 권세가 그중에 있으리로다. 실로가 오실 때까지여 만민이 복종하리로다.(창 49:10)

단은 植民(이스라엘)의 한 지파 구실을 톡톡히 하여, 백성을 公義로 다스릴 것이다. 단은 길가에 숨은 뱀 같고, 오솔길에서 기다리는 독사 같아서, 말발굽을 물어, 말에 탄 사람을 뒤로 떨어뜨릴 것이다.

주님! 제가 주님의 구원을 기다립니다.(창 49:16~18)

모세의 축복에서

―BC 1440년경 기록

단 지파를 두고서, 그는 이렇게 말하였다. "단은 바산(시 68:15 참조)에서 뛰어나오는 사자 새끼와 같다."(신 33:22)

이사야의 예언(평화의 나라)

—AD 739~681년경 기록

이새의 집에 한 후손이 수목의 싹같이 탄생하고, 여호와의 신이 감동하시리니 저가 지혜와 총명과 모략과 지식을 얻어 여호와 경외함을 알고 기뻐하며 보고 듣는 대로 시비를 판단치 아니하며 公義로 빈핍한 자와 겸손한 자를 심판(교훈)하며 말씀으로 세상을 치며 그 기운으로 악인을 멸하며 公義와 성실로 띠를 삼을지라.

그때에 이리가 어린양과 함께 거하고 호랑이와 표범이 염소 새끼와 함께 누우며 살진 송아지와 어린 사자가 함께 있으리니 삼척동자라도 먹이며 소와 곰이 함께 먹고 그 새끼가 함께 엎드리며 사자가 소같이 풀을 먹으며 젖먹는 아이가 독사의 구멍에서 놀고 동자가 뱀의 굴에 손을 넣으리니 나의 성산에서 해함이 없으며 물이 바다를 덮음 같이 여호와의 도가 세상에 충만하리로다.

그날이 이르면 이새의 후손이 만민의 둑이 되리니 열국 사람이 다 돌아오매 그 거한 곳이 영화로울지라.(사 11:1~10)

바울이 전한 메시지
-AD 62년경 기록

하나님께서는 그 무지의 시대에는 그대로 지나치셨지만, 이제는 어디에서나 모든 사람에게 회개하라고 명하십니다. 그것은 하나님께서 세계를 公義로 심판하실 날을 정하셨기 때문입니다. 하나님께서는 자기가 정하신 사람을 내세워서 심판하실 터인데, 그를 죽은 사람들 가운데서 살리심으로, 모든 사람들에게 확신을 주었습니다.(행 17:30~31)

다윗의 메시지

-BC 1450~568년경 기록

온 세계가 주님을 기억하고, 주께로 올 것이며, 이 세상 모든 민족이 주님을 경배할 것이다. 나라는 주님의 것, 주님은 만국을 다스리시는 분이시다. 땅속에서 잠자는 자가 어떻게 주님을 공경하겠는가? 무덤으로 내려가는 자가 어떻게 주님을 경배하겠는가? 그러나 나는 주님을 위하여 살리니 내 자손이 주님을 섬기고 후세의 자손도 주님이 누구신지 들어 알고, 아직 태어나지 않은 세대도 주께서 公義를 말하면서 주께서 그의 백성을 구원하셨다 하고 선포할 것이다.(시 22:27~31)

예레미야의 예언(임박한 심판)

— BC 627~586년경 기록

똑똑히 말해 둔다. 이제 나는 많은 어부들을 들여보내어 이 백성을 고기처럼 낚게 하겠다. 그런 다음 많은 사냥꾼(포수)을 들여보내어 산과 언덕과 바위틈을 샅샅이 뒤져 이 백성을 짐승처럼 잡겠다. 이 백성이 어떤 일을 하든지 내 눈앞에서 벗어날 수 없고 내 눈을 피할 수 없다. 그 잘못을 내 앞에서 숨길 수 없다. 숨도 못 쉬는 우상을 섬기어 내 땅을 더럽힌 죄, 내 소유지를 역겨운 우상으로 채운 잘못을 나는 갑절로 갚으리라.(렘 16:16~18)

이 땅에는 기막힌 일, 놀라 기절할 일뿐이다. 예언자들은 나의 말인 양 거짓말을 전하고, 사제들은 제멋대로 가르치는데, 내 백성은 도리어 그것이 좋다고 하니, 그러다가 끝나는 날이 오면 어떻게 하려느냐?(렘 5:28~31)

내가 똑똑히 일러 둔다. 그날이 오면, 왕도 고관들도 넋을 잃을 것이다. 사제들은 정신을 잃고 예언자들은 얼빠진 사람이 되리라.(렘 4:9)

같은 겨레 가운데서 이 백성의 지도자가 날 것이다. 동족 속에서 위정자가 날 것이다. 나는 그를 내 앞에 나서게 하겠다. 아무도 목숨을 걸고 내 앞에 나설 수 없지만, 그만은 내 앞에 나서게 되리라. 이는 내 말이라, 어김이 없다. 너희는 내 백성이 되고 나는 너희의 하나님이 되리라.(렘 30:21~22)

이사야의 메시지

—AD 739~681년경 기록

"나의 종이 매사에 형통할 것이니, 그가 받들어 높임을 받고, 크게 존경을 받게 될 것이다." 전에는 그의 얼굴이 남들보다 더 안 되어 보였고, 그 모습이 다른 사람들보다 더욱 상해서, 그를 보는 사람마다 모두 놀랐다. 이제는 그가 많은 이방 나라를 놀라게 할 것이며, 왕들은 그 앞에서 입을 다물 것이다. 왕들은 이제까지 듣지도 못한 일들을 볼 것이며, 아무도 말하여 주지 않은 일들을 볼 것이다.(사 52:13~15)

내가 놋쇠 대신 금을 가져오며, 철 대신 은을 가져오며, 나무 대신 놋쇠를 가져오며, 돌 대신 철을 가져오겠다. "내가 평화를 나의 감독자로 삼으며, 公義를 너의 지배자로 세우겠다." 다시는 너의 땅에서 폭행 소문이 들려오지 않을 것이며, 너의 국경 안에서는 황폐와 파괴 소문이 들려오지 않을 것이다. 너는 너의 성벽을 '구원'이라고 부르고, 너의 성문을 '찬송'이라고 부를 것이다.

해는 더 이상 낮을 밝히는 빛이 아니며, 달도 더 이상 밤을 밝히는 빛이 아닐 것이다. 오직 주께서 몸소 너의 영원한 빛이 되시고, 하나님께서 너의 영광이 되실 것이다. 주께서 몸소 나의 영원한 빛이 되며, 네가 곡하는 날도 끝이 날 것이므로, 다시는 너희 해가 지지 않으며, 다시는 너의 달이 이지러지지 않을 것이다.

　너의 백성이 모두 시민권을 얻고, 땅을 영원히 차지할 것이다. 그들은 주께서 심으신 나무다. 주의 영광을 나타내라고 만든 주의 작품이다. 그들 가운데서 가장 작은 이라도 한 족속의 조상이 될 것이며, 가장 약한 자가 강한 나라를 이룰 것이다. "때가 되면 나 주가 이 일을 지체없이 이루겠다." (사 60:17~22)

　나는 빛도 만들고 어둠도 창조하며, 평안도 주고 재앙도 일으킨다. 나 주가 이 모든 일을 한다. 너 하늘아 위에서부터 公義를 내리되 비처럼 쏟아지게 하여라. 땅아 너는 열려서 구원이 싹나게 하고, 公義가 움돋게 하여라. 나 주가 이 모든 것을 창조하였다. (사 45:7~8)

에스겔의 메시지

−BC 593~571년경 기록

그때에 내가 그들에게 일치된 마음을 주고, 새로운 영을 그들 속에
넣어 주겠다. 내가 그들의 몸에서 돌같이 굳은 마음을 없애고, 살같이
부드러운 마음을 주겠다. 그래서 그들은 나의 율법대로 생활하고, 나
의 규례를 지키고 그대로 실천하여, 내 백성이 되고, 나는 그들의 하나
님이 될 것이다. 그러나 마음속으로 보기 싫고 역겨운 우상을 따르는
사람들에게는, 내가 그들의 행실대로 그들의 머리 위에 갚아 주겠다.
나 주 하나님의 말이다.(겔 11:19~21)

너 극악무도한 植民(이스라엘)아, 네가 최후의 형벌을 받을 그날이
왔고, 그 시각이 되었다. 나 주 하나님이 말한다. 왕관을 벗기고, 면류
관을 제거하여라. 이대로 있어서는 안 될 것이다. 낮은 사람을 높이고,
높은 사람을 낮추어라! 내가 엎드려 뜨리고, 엎드려 뜨리고, 또 엎드려
뜨릴 것이다. 그러나 이런 일도 다시는 있지 않을 것이다. 다스릴 권리
가 있는 그 사람이 오면, 나는 그에게 넘겨 주리라.(겔 21:25~27)

점쟁이들이 너에게 전하여 주는 점궤는 헛된 것이요, 너에게 전하여 주는 예언도 거짓말이다. 네가 죄를 지었으니, 네가 악하니, 그날이 온다. 최후의 심판의 날이 온다. 칼이 네 목 위에 떨어질 것이다.(겔 21:29)

다니엘의 메시지
−BC 530년경 기록

　이 왕들의 시대에, 하늘의 하나님이 한 나라를 세우실 터인데, 그 나라는 영원히 망하지 않을 것이며, 다른 백성에게 넘어가지 않을 것이다. 그 나라가 도리어 다른 모든 나라를 쳐서 멸망시키고, 영원히 설 것입니다.(단 2:44)

호세아의 메시지

-BC 790~739년경 기록

公義를 뿌리고 사랑의 열매를 거두어라. 지금은 너희가 주를 찾을 때이다. 묵은 땅을 갈아엎어라. 나 주가 너희에게 가서 公義를 비처럼 내려 주겠다.(호 10:12)

그러니 너희는 하나님께로 돌아오너라. 사랑과 公義를 지키며, 너희 하나님에게만 희망을 두고 살아라.(호 12:6)

아모스의 메시지
—BC 760년경 기록

그날이 온다. 나 주 하나님이 하는 말이다. 내가 이 땅에 기근을 보내겠다. 사람들이 배고파하겠지만, 그것은 밥이 없어서 겪는 배고픔이 아니다. 사람들이 목말라 하겠지만, 그것은 물이 없어서 겪는 목마름이 아니다. 주의 말씀을 듣지 못하여서, 사람들이 굶주리고 목말라 할 것이다. 그때에는 사람들이 주의 말씀을 찾으려고 이 바다에서 저 바다로 헤매고 북쪽에서 동쪽으로 떠돌아다녀도, 그 말씀을 찾지 못할 것이다.

그날에는 아름다운 처녀들과 젊은 총각들이 목이 말라서 지쳐 쓰러질 것이다. 사마리아의 우상을 의지하고, 맹세하는 자들, '단, 아 너희 신이 살아 있다', 하고 맹세하는 자들은 쓰러져 다시는 일어나지 못할 것이다.(암 8:11~14)

너희는 公義를 쓰디쓴 소태처럼 만들며, 公義를 땅바닥에 팽개치는 자들이다. 묘성과 삼성을 만드신 분, 어둠을 여명으로 바꾸시며, 낮을 캄캄한 밤으로 바꾸시며, 바닷물을 불러 올려서 땅 위에 쏟으시는 그분을 찾아라. 그분의 이름 '주'이시다. 그분은 강한 자도 갑자기 망하게 하시고, 견고한 산성도 폐허가 되게 하신다.(암 5:7~9)

시끄러운 너의 노랫소리를 나의 앞에서 집어 치워라! 너의 거문고 소리도 나는 듣지 않겠다. 너희는 다만 公義를 물처럼 흐르게 하고, 公義가 마르지 않는 강처럼 흐르게 하여라.(암 5:23)

오바댜의 메시지(만민을 심판하실 날)

―BC 840~825년 추정

내가 모든 민족을 심판할 주의 날이 다가온다. 네가 한 대로 당할 것이다. 네가 준 것을 네가 도로 받을 것이다. 너희가 내 거룩한 산에서 쓴잔을 마셨다. 그러나 이제 온 세계 모든 민족이 더욱더 쓴잔을 마실 것이다. 마지막 한 방울까지 다 마시고 망하여 없어질 것이다.(옵 1:15~16)

야곱의 집은 불이 되고, 요셉의 집은 불꽃이 될 것이다. 그러나 에서의 집은 검불이 될 것이니, 그 불이 검불에 붙어 검불을 사를 것이다. 에서의 집안에서는 아무도 살아남지 못할 것이다. 나 주가 분명히 말한다.(옵 1:18)

구원자들이 시온 산에 올라와서 에서의 영토를 다스릴 것이다. 나라가 주의 것이 될 것이다.(옵 1:21)

요나의 메시지

—BC 793~753년경 기록

헛된 우상을 섬기는 자들은, 주께서 베풀어 주신 은혜를 저버립니다. 그러나 나는 감사의 노래를 부르며, 주께 희생 제물을 바치겠습니다. 서원한 것은 무엇이든지 지키겠습니다. 구원은 오직 주님에게서만 옵니다.(욘 2:8~9)

왕은 니느웨 백성에게 다음과 같이 선포하여 알렸다. "왕이 대신들과 더불어 내린 칙명을 따라서, 사람이든 짐승이든 소 떼든 양 떼든, 입에 아무것도 대서는 안 된다. 사람이든 짐승이든 모두 굵은 베옷을 입고, 하나님께 힘껏 부르짖어라.

저마다 자기가 가던 나쁜 길에서 돌이키고, 힘이 있다고 휘두르던 폭력을 그쳐라. 하나님께서 마음을 돌리시고 노여움을 푸실지 누가 아느냐? 그러면 우리가 멸망하지 않을 수도 있다.(욘 3:7~9, 단 6:16~28 참조)

미가의 메시지
―이사야와 동시대

주께서 민족들 사이의 분쟁을 판결하시고, 원근 각처에 있는 열강 사이의 갈등을 해결하실 것이니, 나라마다 칼을 쳐서 보습을 만들고 창을 쳐서 낫을 만들 것이며, 나라가 칼을 들고 서로를 치지 않을 것이며, 다시는 군사 훈련도 하지 않을 것이다. 사람마다 자기 포도나무와 무화과나무 아래 앉아서 평화롭게 살 것이다. 사람마다 아무런 위협을 받지 않으면서 살 것이다. 이것은 만군의 주께서 약속하신 것이나. 다른 모든 민족은 각기 자기 신들을 섬기고 순종할 것이다. 그러나 우리는 언제까지나, 주 우리의 하나님만을 섬기고 그분에게만 순종할 것이다.(미 4:3~5)

너 사람아, 무엇이 착한 일인지를 주께서 이미 말씀하셨다. 주께서 너에게 요구하시는 것이 무엇인지도 이미 말씀하셨다. 오로지 公義를 실천하며 인자를 사랑하며 겸손이 하나님과 함께 행하는 것이 아니냐!(미 6:8)

나훔의 메시지

—BC 663~612년경 기록

주 앞에서 산들은 진동하고, 언덕들은 녹아내린다. 그의 앞에서 땅은 뒤집히고, 세상과 그 안에 있는 모든 것은 곤두박질한다. 주께서 진노하실 때에 누가 감히 버틸 수 있으며, 주께서 분노를 터뜨리실 때에 누가 감히 견딜 수 있으랴? 주의 진노가 불같이 쏟아지면, 바위가 주 앞에서 산산조각 난다. 주는 선하시므로 환난을 당할 때에 피할 피난처가 되신다.(나 1:5)

보아라, 좋은 소식을 전하는 사람, 평화를 알리는 사람이 산을 넘어서 달려온다. 유다야, 네 절기를 지키고, 너 서원을 갚아라. 악한 자들이 완전히 사라졌으니, 다시는 너를 치러 오지 못한다.(나 1:15)

하박국의 메시지

-BC 620~597년경 기록

살려 달라고 부르짖어도 듣지 않으시고, "폭력이다!" 하고 외쳐도 구해 주지 않으시니 주님, 언제까지 그러실 겁니까? 어찌하여 악을 그대로 보기만 하십니까? 약탈과 폭력이 제 앞에서 벌어지고, 다툼과 시비가 그칠 사이가 없습니다. 율법이 해이하고, 公義가 아주 시행되지 못합니다. 악인이 의인을 협박하니, 公義가 왜곡되고 말았습니다.

너희 민족들은 눈여겨보아라. 놀라고 질겁할 일이 벌어질 것이다. 너희가 살아 있는 동안에, 내가 그 일을 벌이겠다. 너희가 듣고도, 도저히 믿지 못할 일을 벌이겠다.(합 1:2~5)

스바냐의 메시지

—BC 622년경 기록

망하고 말 도성아, 반역하는 도성, 더러운 도성, 억압이나 일삼는 도성아, 주께 순종하지도 않고, 하나님께 가까이 가지도 않는구나. 그 안에 있는 대신들은 으르렁거리는 사자들이다. 재판관들은 이튿날 아침까지 남기지 않고, 먹어 치우는 저녁 이리 떼다.

예언자들은 거만하며 믿을 수 없는 자들이고, 제사장들은 성소나 더럽히며 율법을 범하는 자들이다. 그러나 그 안에 계신 주께서는 公義로우시어, 부당한 일을 하지 않으신다. 아침마다 바른 판결을 내려 주신다. 아침마다 어김없이 公義를 나타내신다. 그래도 악한 자는 부끄러운 줄을 모르는구나!(습 3:2~5)

학개의 메시지
−BC 522~486년경 기록

내가 하늘과 땅을 뒤흔들겠다. 왕국들의 왕좌를 뒤집어엎겠다. 각 민족이 세운 왕국들의 권세를 내가 깨뜨리겠다. 병거들과 거기에 탄 자들을 내가 뒤집어엎겠다. 말들과 말을 탄 자들은, 저희끼리 칼부림 하다가 쓰러질 것이다. 나 만군의 주의 말이다.(학 2:21~23)

스가랴의 메시지

-BC 520~470년경

"힘으로 되지 않고, 권력으로도 되지 아니하며, 오직 나의 영(말씀)으로만 될 것이다." 만군의 주께서 말씀하신다.(슥 4:6)

너희가 해야 할 일은 이러하다. 서로 진실을 말하라. 너희의 성문 법정에서는 참되고 公義롭게 재판하여, 평화를 이루어라. 이웃을 해칠 생각을 서로 품지 말고, 거짓으로 맹세하기를 좋아하지 말아라. 이 모든 것은, 내가 미워하는 것이다. 나 주가 말한다.(슥 8:16~17)

그날이 오면, 내가 이 땅에서 우상의 이름을 지워서 아무도, 다시는 그 이름을 기억하지 못하게 하겠다. 나 만군의 주가 하는 말이다. 나는 또 예언자들과 더러운 영을 이 땅에서 없애겠다.(슥 13:2)

말라기의 메시지(주의 날이 온다)
─BC 516년경 이후 기록

나 만군의 주가 말한다. 용광로의 불길같이, 모든 것을 살라 버릴 날이 온다. 모든 교만한 자와 악한 일을 하는 자가 지푸라기같이 타 버릴 것이다. 그날이 오면, 불이 그들을 살라서 그 뿌리와 가지를 아낌없이 태울 것이다. 그러나 내 이름을 경외하는 너희에게는, 公義로운 해가 떠올라서 치료하는 광선을 발할 것이니 너희는 외양간에서 풀려 난 송아지처럼 뛰어다닐 것이다. 내가 이 일을 이루는 그날에, 악한 자들은 너희 발바닥 밑에서 재와 같이 될 것이니 너희가 그들을 짓밟을 것이다.

나 만군의 주가 말한다. 너희는 율법, 곧 율례와 법도를 기억하여라.(신 4:8~9 참조) 그것은 내가 호렙 산에서, 내 종 모세에게 시켜서, 온 植民(이스라엘)이 지키도록 이른 것이다. 주의 크고 두려운 날이 이르기 전에 내가 너희에게 엘리야 예언자를 보내겠다.

그가 아버지의 마음을 자녀에게 돌이키고, 자녀의 마음을 아버지에게로 돌이킬 것이다. 돌이키지 않으면, 내가 가서 이 땅에 저주를 내리겠다.(말 4:1~6)

인자는 들려야 한다

—AD 90~100년

    지금 내 마음이 괴로우니 무슨 말을 하여야 할까? '아버지, 이때를 벗어나게 하여 주십시오.' 하고 말할까? 아니다. 내가 바로 이 일을 위하여 이때에 왔다. '아버지, 아버지의 이름을 영광되게 하여 주십시오.' 그때에 하늘에서 소리가 들려 왔다. "내가 이미 영광되게 하였고, 앞으로도 영광되게 하겠다.(요 12:27~28)

—AD 68~9년 추정

    이와 같이 그리스도께서도 많은 사람의 죄를 짊어지시려고, 한번 자기의 몸을 제물로 바치셨고, 두 번째로는 죄와 상관없이, 자기를 기다리고 있는 사람들에게 나타나셔서 구원하실 것이다.(히 9:8)

—AD 50~70년 기록

    "이는 내 사랑하는 아들이다. 내가 그를 좋아한다. 너희는 그의 말을 들어라." 하는 소리가 들려왔다.(마 17:5)

마지막 날과 심판
—AD 90~100년

예수께서 큰 소리로 말씀하셨다. "나를 믿는 사람은 나를 믿는 것이 아니라, 나를 보내신 분을 믿는 것이요. 나를 보는 사람은 나를 보내신 분을 보는 것이다. 나는 빛으로 세상에 왔다. 그것은 나를 믿는 사람이면, 누구든지 어둠 속에 머무르지 않게 하려는 것이다. 어떤 사람이 내 말을 듣고서 그것을 지키지 않을지라도, 나는 그를 심판하지 않는다. 내가 온 것은, 세상을 심판할려는 것이 아니라 구원하려는 것이다. 나를 배척하고 나의 말을 받아들이지 않는 사람을 심판하시는 분은 따로 계신다. 내가 말한 바로 이 말이 마지막 날에 그를 심판할 것이다. 나는 내 마음대로 말한 것이 아니다. 나를 보내신 아버지께서, 내가 무엇을 말해야 하고 또 무엇을 이야기해야 하는가를, 친히 나에게 명령하여 주셨다. 나는 그 명령이 영생을 준다는 것을 안다. 그러므로 나는 무엇이든지 아버지께서 내게 말씀해 주신 대로 말할 뿐이다.(요 12:44)

내가 진정으로 진정으로 너희에게 말한다. 죽은 사람들이 하나님의 아들의 음성을 들을 때가 온다. 지금이 바로 그때이다. 그리고 그 음성을 듣는 사람은 살 것이다. 그것은 아버지께서 자기 안에 생명이 있는 것처럼 아들에게도 생명을 주셔서, 그 안에 생명이 있게 하여 주셨기 때문이다. 또 아버지께서 아들에게 심판하는 권한을 주셨다. 그것은 아들이 인자이기 때문이다. 이 말에 놀라지 말라. 무덤 속에 있는 자들이 다 그의 음성을 들을 때가 온다.(요 5:25~30)

－AD 95~96년경

"나는 다윗의 뿌리요, 그의 자손이요. 빛나는 새벽별이다."(계 22:16)

소망을 주시는 우리 하나님께서, 믿음에서 오는 모든 기쁨과 평화를 여러분들에게 충만하게 주셔서 성령의 능력으로, 주 예수의 은혜가 公義를 사모하며, 평화를 갈구하는 모든 분들께 차고 넘치기를 바랍니다.

－AD 61년경으로 추정됨

"하나님께서는 여러분 안에서 활동하셔서 여러분으로 하여금 하나님을 기쁘시게 할 것을 염원하고, 실천하게 하시는 분이십니다. 무슨 일을 하던지 불평이나 시비를 하지 말고 하십시오. 그리하여 여러분은 흠이 없고 순결해져서 구부러지고 뒤틀린 세대 가운데서 하나님의 흠

없는 자녀가 되어야 합니다. 그리하면 여러분은 이 세상에서 별처럼 빛

날 것입니다.(빌 2:13~15)

위에 인용된 성경은
· 간이 국한문 성경
· 표준 새 번역
· 공동 번역
· 게일 영인본

| 맺는말 |

"여호와께서 아시는 한 날이 있으리니 낮도 아니요 밤도 아니라 어두워 갈 때에 빛이 있으리로다."(슥 14:7)

진리와 公義를 우리의 현실 뒤로 미루고 물러서게 한 몹시 어두워 가는 세상임을 부인할 수 없는 작금의 현실 속에서 하나님의 公義가 만민의 빛이 되어 정오의 빛으로 우리들의 눈앞을 환하게 밝히셨으니 우상과 병기와 탈취하는 법과 편당을 미련 없이 내던져 버리고 탐욕 없이 겸허한 마음으로 마지막 교훈 '公義 談論'에 귀를 기울여 자세히 들어 보자. "내가 옛날 백성을 세운 이후로 나처럼 외치며 고하며 진술한 자가 누구뇨 있거든 될 일과 장차 올 일을 고할지어다."(사 44:7)

전도자 천수(天授) 이전구(李典求)의 公義 談論을 읽고 성서를 깊이 있게 상고한 후에 받아들일 수 있는 믿음과 公義의 절실함을 피부로 느끼며 어둠보다 빛을 사모하는 마음으로 "낙원이 가까웠다. 범죄하지 말고 회개할 것 없다."(요1 3:1~10 참조)는 말씀을 즐거운 마음으로 기쁘게 현실로 현실로 받아들일 수 있다면 변론과 분쟁을 일삼지 말고 진리의 도가 훼방을 받지 않도록 타성의 심연에서 속히 벗어나나면서부터 소경 되었던 자가 장성하여 눈을 뜨게 되어 보는 그 환희(歡

흙)와 감추인 보화를 찾는 기쁨으로 받아들인다면 실족하는 일은 결코 없을 것이다.

"한 교회에 신부 자격을 갖춘 자가 몇 사람이나 있을까 모르겠다. 곧 없다."고 단정하신 성령께서 증거하신 말씀을 듣고 "찾아보았으나 없습니다."라고 말씀을 드린 전도자의 아픈 마음을 읽을 수 있고, "인자가 올 때에 세상에서 믿음을 보겠느냐."(눅 18:8)는 예수님의 말씀에 놀라지 않을 수 없다. 지금 지구촌에 교회와 교인의 수가 얼마인데! 그동안 일시적인 믿음과 즐거움으로 음악이나 들으며 학문과 형식과 요식 같은 행사로 만족하고 소리만 듣고 행할 줄 알지 못하는 믿음으로 변질시켜 하나님께 대한 公義와 사랑을 상실하도록 교훈한 때문이다.(겔 34:30~33, 마 15:7~9 참조)

유다족에서 보내심을 받은 예수를 그의 친 형제들까지도 믿지 못했음을 상기해 본다. "듣는 자는 살아나리라."(요 5:25)는 말씀은 무덤 저편에서 잠자는 자들이 들을 수 있는 말씀이 아님을 깨달아야 할 때이다. "하나님의 아들의 음성을 들을 때가 오나니 곧 이때라 듣는 자는 살아나리라."(요 5:25)

격분하지 말라! 편당에 속한 자들은 모두가 성령이 없는 자들이다. "진리를 알지니 진리가 너희를 자유케 하리라."(요 8:32)

우리를 자유하게 하는 진리의 말씀보다 더 기쁘고 좋은 소식은 없다. "좋은 소식을 가져오며 평화를 공포하며 복된 좋은 소식을 가져오며 구원을 공포하며 시온을 향하여 이르기를 네 하나님이 통치하신다. 하는 자의 발이 어찌 그리 아름다운고 들을지어다. 너희 파수꾼들의 소리로다."(사 52:7~8)

사도 요한의 기록이 떠오른다. "예수께서 행하신 일이 이 외에도 많으니 만일 낱낱이 기록된다면 이 세상이라도 이 기록된 책을 두기에 부족할 줄 아노라."(요 21:25)는 기록이 더욱 마음에 와 닿는다. 전도자를 찾았을 때마다 이삭을 줍듯 메모한 글들을 모은 것으로 정리를 하다 보니 전도자가 기록한 기록의 극히 일부분에 지나지 않을 뿐 다 담지 못한 아쉬움이 있지만 상세한 내용은 성서에서 밝히 보고 들을 수 있으니(잠 2:9, 마 10:26, 13:35, 막 4:22, 눅 8:17, 12:2~12, 고전 4:6 참조) 필자는 보고 듣고 목격한 증인으로 마지막 교훈을 생영들이 들을 수 있도록 마중물을 부어 주는 수고를 할 뿐이다.

"새 포도주는 새 부대에 넣어야 둘이 다 보전된다."(마 9:17)는 예수
님의 말씀에 귀를 기울이고 예언자 등의 메시지와 생전의 육필과 사진
을 부록에 담았으니 천수 이전구의 公義 談論을 읽고 받아들일 수 있
는 믿음과 용기가 있는 사람은 부록을 보고 실족하지 않을 것이며 만
일 마음의 준비가 없는 상태에서 타성을 벗어 버리지 못하면 요한복음
16장 2~3절의 말씀이 응하게 하는 정범(正犯)이 될 것이다.

필자가 보고 듣고 깨닫고 남기신 기록을 이삭을 줍듯 하여 모은 것
을 장차 태어날 다음 세대를 위하여 확신과 믿음을 가지고 기록으로
남기는 것이다. "이 일이 장래 세대를 위하여 기록되리니 창조함을 받
을 백성이 여호와를 찬송하리로다."(시 102:18)

지극히 작은 것 하나라도 열매를 맺는 백성이 그 땅을 상속받는 것
이다.(마 21:43) 착하고 좋은 마음으로 듣고 행하는 사람에게 복이 있
으라.

"예수께서 가라사대 내가 심판(교훈)하러 이 세상에 왔으니 보지 못
하는 자들은 보게 하고, 보는 자들은 보지 못하게 하려 함이라."(요
9:39)

다 기록하지 못한 아쉬움에 육필을 다시 정리할 기회가 있으면 기록으로 남겨질 것을 소망하며 천지와 만물을 지으신 하나님은 만대를 교훈하시는 만왕의 왕(선생)이시니 마지막 교훈으로 살리시려는 심판(교훈)이 이르렀으니 착하고 좋은 마음으로 지켜서 행하는 자들이 모두 살아나리라. "지혜 있는 자는 궁창의 빛과 같이 빛날 것이요 많은 사람을 옳은 데로 돌아오게 한 자는 별과 같이 영원토록 비취리라." (단 12:3)

마지막 교훈으로 심판을 公義로 베푸시는 하나님의 영광과 위엄과 주권과 권세가 우리 주 예수그리스도로 말미암아 영원 전에서부터 이제와 영원까지 있기를 빕니다. 할렐루야!

"1965년이 아니다. 개원(改元)이다." 말씀하셨으니 2015년은 개원 50년이다.

개원 50년(2015) 새 아침에
엮은이 양방웅

부록

육필과 사진

親等과 무엇은   住宅銀行은

을 잡아서 국민에게
빼앗고 또 百姓에
게 빼앗으면
百姓에게 국민에게
국민이 국민을치고
百姓이 百姓을치고
빼앗고 빼앗는것,
法을 가르쳤노았
다.

㉠ 住宅建設業者에게 住宅建設資金을 貸與하는
利害관係를 建設金을 낼 것을것이라

㉡ 住宅銀行은 私債노리와 反 福婦人들에게
情報를 주는 同時에 조도 貸與 利害관係노리
福婦人들을 利用 했을것이라

㉢ 一號 三號 利害관係를 就 金機關銀行貸을 치워최
받아쓰고도 一, 二四,二五 私債利害관係를 처리別되어서
住宅建設 했을때 入住者들은 入住契約을 했고入住
했을것이라

法廷으로 入退出手續에 擔保, 物權의 債務償還
에 안제나 入住의 貧民들은

住宅銀行 또福婦人建設業者에 뒤따가
繼續하고 언제나 敗訴하고 不利益을 當한 일을

損害를보는것을
住銀行工에서 리建設業者에서 ㄴ福婦人들로 가
향하고 入住契約 毒들이엿다

法은 法대로 處理한다나
日本의法을 本律神을 完全 改新 되여야된다

內閣 責任 制는그말과같이 議員內閣制로 모든 責任은 國議員들이
政黨內閣으로 政治責任을 그들이 지도록해서 大統領責은 儀禮的
인 存在로만두자는 뜻한것도 잘못되여도 이번 저만이 아니다,
어쩌면 存在는 앞에서 國民들앞에서 그도록 自己비른 政治圈을
反榮華 도누리려는것인가 어떤누구의 未來에닥아올 徵兆에 對備
해서 責任을 回避하려은 着想일뿐이다。 모든 국가들은 다같이
모든 大統領들과 國會議員과 官吏들과 法官이나 檢察官들은
自己 産業과企業의 利益금으로 自己 報酬로 生活을 한수있어야된다,

먹는자가 먹히고 또 먹히든자가 먹는자 창조의 모든 宇宙 (말씀)아

주권과왕권 만이 영원 또 무궁 하도록 창조는 이해까지 일해지

니 계속됨이롸

보앗다 보앗다 먹는것에게서 먹는것이 나왓고

강한자 에게서 단것이 나왓으니

못는자에게서 듯는것도 나오고 강한자에게서 단것은 나왓으니

무엇이하나는 처럼 강하것으며 무엇이고 교훈 하시는말씀

같이달렛는나 줄충어도 같지 못한것이며

사자와짐승모그 앞에 서는

날을 약한 자라 한것이으롸

산보라더불오었구구름이요처 변에다 하과심히 또 달여확오았느니롸

너희는 神 (말하는자) 들이 며라

다 죠 尊高의 아들 들이 라

홈 으로도되 지 읺고 늉으로 도 되지안흥고

나 여 神 (말슴) 으로 되느니라

말로 귀족이나 부귀족들의 전용물이고보면

(ㄱ) 부성한 자들의 말 과

(ㄴ) 강성한 자들의 말이

(ㄷ) 뒤로 굴려 버림을 받을것임이다.

나의 하나님의 이름과

우리 아버지의 교훈 하시는 왕컷과 십판 그리고

모든 주권 (지혜) 의 하나님의 아버지 며서 (나라) 를

영원 한 큰 나라도 나 조하고 건고 한다.

    새 하늘 과 새땅을 건 한다.

이웃 나라 와 민족 과도 다우면 안될것은

제 민족이 아-백생과 /시우려하나 병기 와 무기축지 도하고

전장을지도하는 달팽이 들은다 뒤진속혀야 살 런다.

問題는

政治圈에서 百姓은 더잘 살리느냐 百姓은 꿀꽝이 처럼

남의 집들의 가수어둔 소유를 들은 뜻어 먹느냐 하는것 뿐이다

主權 國民은 그 작난 그 잘쉬긴 政治圈들의 사람한 편

이들을 握治할수있으면 主權者들이오 主人들이요 上典

들이라고 할수있어도 그려 케못 하면 종노를 말타을 貴

族들이요 富貴之人들이요 종으로는 上典삼고 종으로 는

主人들삼어서 主從이 배취고 이習慣 과 列國主義

政黨들을 떠러 비렇수가없게되면 列國主義와

그政黨들 과 같이 함 께도 타는 것이다

養我 해가는 말 맹이처럼 뜻어 먹다죽을것이 어

文어 여려서죽을것이나,

日本帝國臣民으로 부러 解放이되 後軍政三年內에

廢止 가산되고 못된 三法令으어 떤것인지가려서 無關係

1休五를支庫公廨止의 여서 救通狀態 세우어야된다,

箴言 19: 17

가난한 자를 불쌍히 여기는 것은
여호와께 꾸이는 것이라
그 선행을 갚아주시리라

國際慰勞聯盟

韓國運動世界平和本部

美蘇英佛日中獨

武裝解除 公平網

强兵貪團 富國强民

새하늘 과 새땅을 전한다

죄와악과 상관없는 시대는
하나님 敬畏하고 예수 만공경한다

天地의 主宰이신 아버지의 主權은 모든 主權(合聚)그

神中(맘씀)의 親政權으로 그의 能力을 公義를 사랑하는것이라

끝까지 교훈과 審判과 사랑(正直)이없는 人間 나라(制度)와

그은없는것이며 없을것이며 있지않을것이며 人間들의 세운

그 女王도 君王들도. 그天皇도 그教皇도 그들의 指導者들

모두가 하나님神(맘씀)으로 세우고 보내고 택하고. 내시고

살리시고 기르시고 앗기시고 보낸 하신것이 아니기 때문이라

列王의 列國主義와 各은다른 列國主義 政黨과 그 兵器와

그 保障의 만든것과 색인神像과 干犯과하고 數百하여서

歷史(살림)과 교훈을 버물어 복하는 人間 以下의 그로 죽인을

받은것과 또 뺏는다각(法)은 버릴것은

살리는것(公義)이요 하나님의 교훈과서는 王權이라

兵器으로더 간난하게 만드는것이고

백눈法은 더고통을 주는것이요

保障은 더 죽이는의이요

保黨이나 政黨들은 自己와 保黨의 戀情밭그게하고

망케할줄아는 假面과그것고 貪慾의 세례이라

모든各各마른 列國主義와 政黨과 日本이더욱그러하나

하나님이 온세계를그 참나라(內)고

친히 다스라시는것은

만대의 교훈 하시는 왕권이시다

사람의 손으로 만든 것을 숭경하고 예배하여

경배 계하는 것은 왕이 아니다

우상을 경배 하고 만든 신상을 경배 하는

製國 과 제조은 破하신것이며 諸族을

破滅 하신것은 하나님의 뜻하낱이오

情意 하신데라。

하나님의 親政權은

　바른 말과 옳은말로 親히다스리시는

　예수의 家族이다

아버지께서 아무도 심판 하지 않으시고

심판을다 아들에게 맞기시고 아들공경하기를

아버지공경 하듯하게 하려 하심이라 하엿느니라

公義를 베풀고
하나님의 권(義)을 말씀 明한다.

(一) 偶像을 두고 信案을 갖고 政黨을 두는것이 義가 아니다.

(二) 偶像을 崇拜하는것으로 하나님을 사랑하는 公義가 아니다.

(三) 偶像을 갖고 偶像하는것도 하나님의 사랑하는 理를 섬기는 公義가 아니다.

(四) 不義는 法을 모르는것이나 公義가 못된것이며 하나님의 미워하여는 不義다.

　　　　사랑을 미워 하는것이 죄인 행위이라.

　　　　사랑은 선히 권히는 행위는 良心이다.

　　　　(六) 믿음이 크도다 내민음 대로 되리라. 가나안女人의 믿음.

(七) 이스라엘 중에서 한번도 이만한 믿음을 만나보지 못하였다 百夫長의 믿음.

　　　　各各다른 利用主義를 模倣하는 政黨을 두지 말나.

　　　　各各다른 두個의 政府를두고 찾는것을

　　　　各各은 두個의 政府를 두고 찾으면 너政黨에 偶像을 갖지말나.

　　　各自들이 各各 다른 自由 갖추 어나를 갖고 所信의 自由의 幸分 내기이로 갖고
　　한다는 民主公義라

　　各各 다른 自由하는 주배를 認識 하지 않는 全體主義라 주변 너를 하니 안
두고 주는대로 막 고주는대로 쓸것이며 어떤 사람은 政黨 에 偶像을 갖고
더주고 더슬뿐 것게 되고 다른 사람을 갈께 무어서 實을 하려는즉 반으는 共
産主義 共産黨과 聯邦을 하려는것이 一種의 欺瞞이다.

不可 侵條約의 平和案은 두個의 다른 全義 와 두個의 서로 다른 政權을
算重하고 平和으로 하면 너를 敗亡國외 두 別에 있나.

不可侵條約을 前提로 하면 軍統專用을 게열지는것까지로
各各이를 두個의 政府를 갖고 政權延長 의속 奉仕를 느려낸것이라
이즉 政府國에 政黨國에 기世의 生存과 義를 맞겨 서는 안된다는것이다.

너희 百姓들은 個人들이나 百姓의 政府나

百姓들과 이웃들과 동무들에게 꾸

뀟자말것이며 뀟은것은 되돌려주라

돈마 값을주고 뀟은것 까지 하고 그것은 뺏고

다시 돌려줄것이니라.

하나님의 말씀이니라

貪慾을떠나서 惡을 버린 사람의 個人主義 極致

(自由)가 民主主義라도 온世界 中에서 惡을버리고

貪慾을떠난사람의 溫柔 한者가아니겠느냐

百姓이 選出한 國會議員들 大統領들

自己産業이나 基業의自己所有에서 얻은所得

으로 歲費를充當하게 할것이요 아것이없는사람

은三十萬원의 生活費로 歲費들 大幅減

少우려서 百姓들 손리는 바람이 無十등이아뤄

온데이니라,

음녀의 말이

주신 자도 여호와시요 취하신 자도 여호와시니

여호와의 이름이 찬송을 받으신 지로다.

하였느니라.

입설로 범죄 하지 않였느니라.

이 전구   다윗은

이제   직혀주신것도 하나님이시라
주인자도 하나님이시오 (직혀주신 자도 하나님이시니)

하나님의 크신 이름이 찬송을 받으시리로다.

天父愛 ···· 天父 하나님은 직혀주셨다.   아멘   할레루야.

이 세대가 抱擁當 할것이로다

• 創世後로 아벨의 피로부터 殺害事에서 죽은
세가랴의 피까지 니라

사람을마위 하였으면 벌써 형제를 죽겠느니다
속연자와 그것만 장이가 죽게 하였느니라.

하나님의 보내온 받은 使者 신라깔어 하시고 십혀 사랑하는
아들을   한사람을 비워 하옵으로
천반인이 죽엄으로 갚으셨도다.

요

새하늘 과 새땅은 하나님의 지으신

첫 창조를 전하는것이요.

땅의 신으로 모든 육체 를 다시 이르켜서 산자는것 이다.

어두움에 다니는자는 그가는 바를 알지못 하느니라.

너희 에게 아직 빛이 있을동안에 빛을 믿으라

그리하면 빛의 아들이 되리라.

누가죽은자에게 가르치겠으며 누가 성령이 있는자에게고른 하겠느냐

그리스도는 오늘날 너희와 흔동에 배를 드리지않했으니

요4:21 예수께서 가라사대 女子여 내말을 믿으라

이 산 에서도말고 예루살렘 에서도말고. 아버지께

너희 가 예배 할때가 이르리라 너희는 알지 못하는것 을

예배 하고 우리는 아는것을 예배 하노니 이는 救援이

유대 인에게서 남이라

아버지께 참으로 예배 하는 자들은 聖神과 眞正으로 예배 할때가

오나니 곳이때라

산 자는   아버지 에서는 이러케 自己에 예배 하는자들을

죽은자은   찾으시느니라.

파멸을 고하사   주예수그리스도는 너희 처럼그렇케 예배를 가르치지

살리온것이다   않했느니라.

○ 結論 요5:19 眞實로 眞實로 모두에게 이르노니 아들이 아버지의하세는

일을 보지않고는 아무것도 스스로 할수없고 할수없나니

아버지께서   아버지께서 行하시는그것을 아들도 그와같이 行하느니라

죽은자를 을   아버지께서 아들을심히깊어 하시고 신히 사랑 하시니 끌까지 배

이르켜 살려   가시는것을 기다리시느니라 아버지 께서 행하시는 그것을

산사람이 아들도   아들도그와같이 行하느니라 아들의 行하시는 그것을 다

아들에게 보이시고 또그했보다려 큰일도 보이사 너희로

能의 顯彰하신자들을)

숙러느니라   壽命 히에게 하시리라 하셨느니라 다시살리심도보이샤라

路加福音　13 ：　22

　　各城　各村으로　다니사　가르치시며
　　예루　살렘으로　여행하시더니
　　좁은 문 으로 드러 가기를 힘 쓰라,

29　　사람들이 동서남북으로부터 와서 하ㄴㅓㅁ의나라
　　　잔치에 참여 하리니
　　　보라 나중된 자로서 먼저될 자도잇고
　　　　먼저된 자로서 나중될자도 잇ㄴㅣ라。

　　오늘과 내일과 모레는 내가 가야할
　　길을가리니 선지자가 예루살렘 밖에서
　　는 죽는ㅂㅓㅂ이 없다。

　　　가라 , 가라 , 가라 、 살리는 약은
　　　품호도잇고 불호는 안다。

　　　희연의 값은 피라。 하ㄴㅓㅁ도의인의록음을
　　　지혀보신다。

　　　값을것이없는 잔난한자들과 나그네와 병신들과
　　　저는자들과소경과 그밖에 간고 한자에게 베풀
　　　라 갚을것이 없으므로 네게복이되리니　이는
　　　의인들의 부활시의　바가 갚음을받겟음이라。

　　　그러나 人子가 올때에 세상에서
　　　변음을 보겟느냐。　누가 18 ：8

　　　머리를 들지 못 하는 백성들아 。 정신은차리지못하느냐,

누 21 ：28

부록 269

갑람산이라 ...에서 쉬시니 ...를 백성이 성전에가더라
예수께서 성전에서낫에는갈치시고 밤이면

最終
審判

마太
23: 28

너희도이와같이
겉으로는옳게
사람에게
보이되
안으로는
외식과불
법이가득하
도다。

아멘

하나님의
가르침을
받은사람이
나에게로
오느니라。

나는 이제 하나님께로부러 보낸을받고
왔으며 하나님께로 도라 가는 길 중에있오

갖어보라 만나보라 한 사람은 아직 도
만나보지 못 하였으며 하나님의 가르침
을 받은사람이 없어 나에게로 오는 장가

없다   이런구

詩 19; 8

하나님이 制度을 確하셨오
制度의 制用과 制御의 制 團束과 政策이 하나님의뜻 대로
公義가 못되니 改度하시는것이라

主人의 맛은것이요 下人의 主人의 産業은 뺏는의이나 上典의
주버니독 盜賊질해서 上典에게 殼을주고 基業을 찾이하니
主人도 아들들의 아버지가 도라와 분別 그중들 과그 下人들을
모두 대웅을것이아나 나 아들들의 아버지가 읽고 主民을잡
平安히 引導 할 사람을 擇하고 下人을 세우고 그중들을 세울것
이요 전이 중들은 숭파 주겠고 乃終에 골들은 主人과 같이 함께
즐거워 할것이요 사랑을받은것이요 값어 할 것이니라

檀은 바산에 숨쥐어 나오는 獅子 색기로다,

단은 이스라엘의 猶太族과 같이 그
百姓을 富利(피로)하리로다

단은 길의 뱀이요 捷徑의 독사로다

말굽을 물어서 탄 者로 뒤로 떨어지게하리로다
여호와여 나는 主의 救援을 기다리나이다

단은 그이름의 뜻을 닮은 주섬 이란뜻이니
罪惡의 끝에서 하나님께 怨恨을 주려주심을 받을때
까지 기다린다는 뜻이다,

偉大한 信念을 가진 국민들 中에서는 信念을가진 偉大한 指導者와 그國民들
中에서 언제든지 恒常 나온다, 그러나 偉大한 국민 따로잇고 國民아니 경우에도잇다,

萬物은 恒常 이를 列 目標 義로 模倣하고 따라가면
統一도 會一도된다,

理由는인다 世界平和 다는 列邦의 列邦과 恒常다 드디 國邦義가

사람은 받드라 아는 것以上을 발 하려도없고 행할수도없다 본대로아는대로
明대로 살려가는잇이 人類이다, 回顧反省의 明會은이루 그것을
第二 第三 思考氣는 改造資金의 振興基礎요 発明의力 — 黃로하고
興邦가 野守地邦國 作業化 했을때 諸邦에 지내 要求 作業로나아
며 城邦野 大邦親드래 내개도 속성 나가려잇다는 聖에라

民主主義 란 子民主義 곧 民主主義(란말이 定義이라)

義는 督總之義이라

　도라보시는 하나님은 사랑으로 公平하고 正直하신 빛이시라

종들이 主人의 집에서 子女들에 依하여 선택을 받고도
主人의 것에 産業의 基業을 꽉 어먹고 조게먹고 나누어먹고
쫓아먹고 主人의 子孫내 들 죽이내고 속이고 져내서 非法으로
基業을 없으구고 뺏고 産業을 任意때로 없을 듯하여 사났것
으로 正當化하내니 우으로 믿들은 앞으로 종들은한 매딩
도두이맛어서 民主게곽 서로奉仕함가 介政을 보고
業 우유하정음하사게세어의本本

┌─────────────────────────────────┐
│ 世界는 큰 나라(씨)이라 │
│ 그러면서 世界는 한씨 (나라) 아니라 │
└─────────────────────────────────┘

온白에 社의 모든 人間들은
하내면의 나라로 인정하여양으니
영원한 한나라(씨)로 公義를 宣布하고
平和내는 公命한다

　　　　　　　　　　　　최와 상관이없으무 때관계가없는
　　　　　　　　　　　　곳이라

　새 하늘 과 새 땅을 元하고 온세게를 친동속인라
가우리없소 全世게에게 公義 를 진노니라

하나님의 怒함을 받는 義와 王權을 宣布하고

그 公義를 宣布한다

하나님의 말씀으로 고른 하시는 王權과 親政하심은

사람에게 뻣친것도아니오 偶像에게준것도아니고

사람위에 없을받고 넘겨준것도아니고 받을수도없는것이라

사람은 바른말과 善한말을 할수가없느라

속이고도 硏究하다하고 흠숭하고도 푸른히한다하고

바른말과 善한말씀은 하나님에 속한것이니

公平과 義는 永遠히 없앨수가없는것이오

그칠지도없는것이라 그칠수도없다

도라오라 하나님께로 바른말과 善한말은

하나님을 敬拜百姓에게 저 아름것이라도 뺏으시지않는다

먹고사는것외에 더 求할것이 없고 먹을것이 없에 되는일이

하나님의 뜻이아니라

貪慾을버리고 품는때는 各의 個人으로의 權威(自由)는

하나님의 主權(權威)에 속한것이라 千民은 조돗民이다

우리는 兄弟다

45 : 12~13 해안은 공예사나 해저도곳에서나 해변의 통치자라도 親交 ... 나타내신

시 30 :	20	비눈의 네 스승을 볼것이며
시 30 :	18	公義의 하나님 이심이라 . 무릇 그를 기다리는 者 福이있
시 29 :	19	謙遜한者가 여호와를 因하여 기쁨이 더하겠고
		사람中 貧乏한者가 이스라엘의 거룩하신者를 因하여
共産黨의 別名	20	즐거워하메 이는 强暴者 가 消滅 되었으며
		첫난왕도 義人을 抑鬱케 하는者 ...
시 24 :	21	땅의 王 들을 罰하서며
		교훈 하지 못하는 땅의 王들은 王이 아니라
㊤ 시 24 :	23	이곧 善率의 決斷과케 서로山 과서 무순렬에서 王이 하셨
시 32		將次눈 王이 義로 統領할 것이오
		方伯들이 公義으로 政事할 것이며
시 32 :	7	狂風과 暴雨 를 차자웃것 会슨것이라 . 淺薄이 없어
政治의 正道(義)은		貪貪한者 가 말을 바르게 할지라도
바른덕 과 義것박고 成就하는것임		궤홀한 일을 베플어 거짓말로 가련한자를 抑하며
시 33 :	13	하나님의 權能을 알어라 { 義를게 行하는자 / 弘하게 받치는者 }
		公平과 義를 行하려것일어라
시 34 :	3	列國의 義, 권집승 과 强권집승을 내어린김은 받을것이라
41 :	2	列国民家 國家群 의 政黨의 偶像으로 救援 믿는데
		義이 東方에서 사람을 너크린運動 ... 클릭 ... 권力가
興求		군사들이 드거게 北方에 야오니 하며
		내이름을 부르는자 들게 동늘곳에 야오게 하였노니
시 44 : 6		이스라엘 (世界) 硫民과 王 교훈은 저 유과 ... 이 ...
		선리서는 義말으로 주신것이 좋은덕이라 . 신세구세주 ...

하나님의 썻음을 받어는 義人의 主權을 宣布하고

그 公義를 宣布한다

하나님의 썻음으로 고름하시는 主權과 親政하심은

사람에게 뺏긴것도 아니오 사람에게 준것도 아니고

사람에게 없을쑤 고 늠겨준것도 아니고 뺏을수도없는것이라

사람은 바를박과 善함받을 할수가없느니라

쑥이고도 正直하다하고 흠족하고도 平安치겠다 하고

바른박과 善한 없음은 하나님께 속한것이니

公平과 義는 永遠히 없을수가없는것이오

근접지도 않는것이라 근할수도 없다

도라 오라 하나님께로 바른빅과 善한 義는

하나님을 힘든 百姓에게 주 아무것이라도 뺏으시지않는다

잇고사는것中에 더 求할것이 없고 먹을것이 없에 되는일이

하나님의 뜻이아니라

貪慾을버리고 찾는대만 사람의 個人自由 極致(自由)는

하나님의主權(참뜻) 세속은것이라 子民은 主天民이다

우리는 兄弟라

12~13 ...

사 30 : 20 비둔이 비스승을 볼것이며

사 30 : 18 公義의 하나님 이심이라. 무릇 그를기다리는者 ...

사 29 : 19 謙遜한者가 여호와를 因하여 기쁨이더 하겠고
사람中 貧窮한者가 이스라엘의거룩 한者를 因하여
즐거워 하매 이는 强暴 ... 가 消滅 되였으며

英虛黨의別名 20   헛된말로 義人을 枇判을케 하는者 ... 라

사 24 : 21 땅의 王 들을 罰 하시며
교훈 하지 못 하는 땅의 王들은 王이아니라

(王) 사 24 : 23 이는 萬軍의 ... 戎께서 ... 山과예루살렘에서 王이 되시고
사 32 漸次 ... 王이 義로 ... 할것이오
方伯들이 公義으로 政事 할것이며
狂風과 暴雨 를 가리울것 ... 것이라 ... 이 없어

사 32 : 7 貪 ... 한者 가 말을 바르게 한지라도

政 ... 의 正道(法)은   ... 計劃을 베풀어 거짓말로 가련 한者를 滅하며
바른말 과 義로울 받으로 成就 하는것임

사 33 : 13 하나님의 權能을 알어라 { 義롭게 行하는자
公平과 義를行하는 것임이라   正直하게 말하는者

사 34 : 3 列國의 ... 짐승과 ... 짐승은 내어던짐을 받을것이다

41 : 2   列國主義 國家群 의 政堂의 傭兵으로 ... 든바에
... 이 東方에서 사람들의 크다른 運動 ... 를 ... 한가

... 求   군사들의 ... 北方에 서오게 하며
내이름을 ... 로자 ... 돌노곳에 ... 오게 ...

사 44 : 6 이스라엘 (萬物) ... 民와 王교훈은 처음과 나중이니까 ...

... 는 ... 으로 주신것이 옳은 ... 라 ... 世 ... 리 ... 有와 ...

特記

사람마다
따라 警戒하라.
列邦을 向하여 列國들을 向하여
將次난 百姓에게 公義를 宣布
한다。 하나의 이름으로 한다.

지말고。
백성자리에 앉지
말나。

너희다라警戒
하。
列邦들을 向하여 民族들을 向하여
하나이 統一로 한다는 말을 알리고
전하며 平和로 公布 한다.

악에서나고
물러서라 (뒤로)

너희가警戒
하。
하나의 이름으로 한다.

公義가안되고
公義가못되고
公義가不義으면
뒤로뒤로 물데라.

공의가
못되고.
안되고.
列國의 列王 과 列族들의 指導者들
하나의 새론것이 아니요 民族들 과그들의

죽을 없는
사람은데
라가가라
으라라.
列族들의 새론것이라.

그러면안
것고죽지
않은것으
고흥하지
않을것이라
(一) 하나은 사람의 만든 偶像들을 指導하지 않으신데
사람의 金金과 木品 과 銅鐵로 土石으로 敬하무두
하려고밧는것은 木異무두 하게 認定 하지않으신라.

(二) 公義가없는 偶像과같이 公義가못되는 사람의
만든 兵器도 指導하시지 않는다.
公義는 하나의 살리시고 다시아드 키시고 내시고기르시고
앗기시고 보전하시는 사랑에서나 正直하신 맘속에서 라.

교훈을받고
받지안는못
빗어들은
죽은자들과
같을것이라.
(三) 眞理의 맛없시 거륵하신 (神明호) 하게하시는 和平은전하는
消息을 선하신 맘씀으로 아루심이요
倫業 과 改業는갓고 두지밧아야 成就가된다

(四) 백성은 法은 子民에게없것고 認定하지않는다 百姓들을삼기게 하려고
보낸종들 主人의것을 虛費하고 浪費로 모작첫 권것은 꿈속내 자않는다

世界의 모든 것이 自己의 所有라 하드래도

하나님을 믿음으로 사는 義人은 그것을 다 버리고

艱難하게 된 用意가 있라.

世上에서 自己만 남겨 살라고 하면 世上사누구의 것이 났

하나님의 것이기 때문이다

義人과 惡人의 差別는 그것이다

萬가의 兵器와 軍事力이 自己掌中에 있어도

하나님의 입으로 부터 나오는 말씀 한마디로

바람에 버금과 같은 것이요 바람에 나는 겨와 같다.

뭇 軍隊들은 제王이 하나님을 알게 되면 짐으로 들려 보낼 것이요

偶像을 指導하王이 하나님을 알게 되면 自己가 짐승이었음을   느누가 비샷

깨닫고 낮음을 꺼라 봄으로 人間으로 내려 올 것이요

많은 財物을 모아 산 女王이 와도 하나님을 섬길 줄 알면

모든 것을 버리고 교훈을 받고 가르침을 받을 것이 라~   남방여왕

힘으로 뺏는 것을 虛事로 아는 사람이 하나님을 아는 사람이라

내가 아버지 하나님의 이름을

알려서 나타내고
또 그 말씀을 일러서 죄를 없게하고

그 행하시는 뜻과 말을 전하고
列邦와 列國의 列衆과 列王이모두

다 해님의 百姓으로 도라오게 하시려고

내시고 또 기르셨고 살리시고 보내심을

받었음은
가라 가라 가라

살리는 악은 품호도엇고 불효로워다 하신것이라

悖逆을 治療하여 하나님앞에 복종히 살려녔어

좋고
苦海로부터서 살리는것은 좋은 藥이엿언다

悖逆을 治療해온 하나님을 빌으라

그리스도의 이름인 말씀을 직혀공경 하지않으면

列國主義는 列王은 破하신것이라

政治的 責任를 糊塗하여서

政業 內閣 議員 內閣으로 政治 政黨의

政治的 不義를 內閣의 退下로 反으로그 責任를 履行하
                                        으로
려다 하는 것는 大統領의 손굴게 責任閣責을 두

虛構가 고 經辱을 했기 대문에 政治的인 責任은 抹殺하
어 政派를 끊고 政權延長의 수심이다

內閣 責任制를 꼭 實現하는 生質에 젼 內閣

및 政治圈은 儉素한 生活로 숨쑤은 주는 主金으로
대로 展하는 戰任期間에 草幕에 살아가리고

乘用車는 두지 말고 秘書도 두지말고 議責는 自
己 所有의 産業과 基業의 所得으로 議責를
充當해야 된다 다른 主權의 智慧를 表勞하
였의 選擧 받은를 알면 안된다

問題없이 大統領을 해보려는 計用용이다

(ㄴ) 信仰의 公義로운 共가되니고
(ㄷ) 兵勝가公義(稱히)로운者의것이 못되고
(ㄹ) 뺏는 道(리)에 公義지안되고
(ㄹ) 偸黨을두고것넌는 公義를行하다.

怨望하는 百姓이 하니님 뜻을사릈고
百姓의 所望대로 바려두는것도 그것을속히루게할것이다
이 敗을들에서 서는 하지안토록 급急가 좋사람것없다
罪로 굿지 말고 하니날에 誤하여 보고, 偉大하게 해야한다

나라(씨)는 살리는자의것이라. 나라(씨)는 땅을상속 받렀이다.
創世로부터 豫備(되나라 (석)는 生命(벗)이며 各오義를
行할줄 아는 사람들 과 같이 居하는 하넘의 사랑이라.

前文.

사람이 하니님의 形像으로 迎造했빛(은숙)으로 지음을받엇다
사람은 正交했으며하니님 과함께뱃늘 요해 永生하으 을을
고로 하는 迎造木이 하니님의 本체으로 뿌러받엇다
하니님을 뜻 있없이 一念으로부 르는것이 하니님의 業주이다
하니님을 부르는것을 믯고 自己 榮光으로서 하넘의 榮光을 蔑
하며보 現見 것을 喜喜蔑받보섯않는이면다

善發의것 하 해도 데로 빠거드려갓고 我수을주로죽지안케
倉은 주는멋을 로木가흠로부러나오는사랑이 을믜않는 無混더
사랑과 로사랑이 되둣된것이다

倉舍운에 빠거드려가눈것이 속이고 손눈멋리속은것이되는
것이다 正交한곳에 뿐로샥니가았게된다

아버지 하나님께서 내게 주신 첫 음성

(이사야서 8장 8절)

"흘러 유다에 들어와서 창일하고 목에까지 미치리라!

임마누엘이여!

그의 퍼는 날개가 네 땅에 편만하리라."

"나 주 汝呼我가 이르노라.

내가 열방을 향하여 손을 들고

민족들을 향하여 나의 기호를 세울 것이라."

(사 49:22)

"네 백성이 다 의롭게 되어 영영히 땅을 차지하리니

그들은 나의 심은 가지요 나의 손으로 만든 것으로서

나의 영광을 나타낸 것인즉 그 작은 자가 천을 이루겠고

그 약한 자가 강국을 이룰 것이라.

때가 되면 나 여호와가 속히 이루리라."

(사 60:21~22)

평소에 즐겨 부르던 찬송

옳은 길 따르라 의의 길을 265장

황무지가 장미꽃 같이 233장

하늘 가는 밝은 길(땅 위에 있으니로 부름) 545장

주와 같이 길 가는 것 456장

예수로 나의 구주 삼고 204장

예수는 나의 힘이요 93장

내 주여 뜻대로 431장

나그네와 같은 내가 422장

신랑 되신 예수께서 162장

참 아름다워라 78장

저 높은 곳을 향하여 543장

주 하나님 지으신 모든 세계 40장

달고 오묘한 그 말씀 235장

할렐루야!

(시 29:2)